KB183890

VR

The beginning

ver.0

VR
The beginning
ver.0

1판 1쇄 2024년 10월 30일

지 은 이 정선

발 행 인 주정관
발 행 처 북스토리㈜
주　　소 서울특별시 영등포구 양산로91 리드원센터 1303호
대표전화 02-332-5281
팩시밀리 02-332-5283
출판등록 1999년 8월 18일 (제22-1610호)
홈페이지 www.ebookstory.co.kr
이 메 일 bookstory@naver.com

ISBN　979-11-5564-346-4　03810

※ 이 도서는 제8회 경기 히든작가 선정작입니다.

VR

The beginning

ver.0

정션 SF 소설

북스토리

이야기를 시작하며

　가까운 미래, VR 서비스 제공 회사 R컴퍼니 연구원으로 일하고 있는 주인공 지한. 결핍이 있기는 하지만 나름대로 평화로운 일상을 보내고 있다. 그에게는 대학 때부터 사귀어온 여자 친구가 있다. 여자 친구는 결혼을 원하지만 그는 이런저런 핑계를 대며 차일피일 미룰 수밖에 없다. 아직 결혼자금을 준비하지 못했기 때문이다. 그런 그에게 거부할 수 없는 제안이 주어지는데….

　VR^{Virtual Reality} 기술이 화제가 되고 있다. 롤러코스터 체험, 전 방위 회전이 가능한 여행지 소개 등 가상현실은 점점 현실 세계와의 싱크로율을 높여가고 있다. 최근에는 제한된 공간에서도 자유롭게 이동할 수 있는 전 방향 러닝머신 플로어인 '홀로타일' 기술이 소개되기도 하는 등 기술이 발전함에 따라 리얼리티도 높아졌다. 가상현실이지만 점점 실제 세상에 가깝게 구현되고 있는 것이다. VR 기술이 발전함에 따라 머지않은 미래에 가상현실과 관련한 여러 가지 이야기가 생겨날 수 있다고 생각했다. 그 생각에 상상을 더해 이 이야기를 기획하게 되었다.

　『VR-더 비기닝』이야기의 배경은 가까운 미래이지만, 주인공 지한이 처한 상황은 현재를 살아가고 있는 이 시대 청년들의 모습과 별다를 게 없다. 비단 청년들뿐 아니라 주인공이 처한 딜레마에 많은 사람들이 공감할 수 있을 것이라 확신한다. 디스토피아적 SF 세계관으로 그려낸 미래 모습과 우리가 실제로 맞게 될 미래 모습이 닮은꼴이 아니기를 바라며 이야기를 풀어보겠다.

정션

contents

Ⅰ. 혼돈의 시작

1 - 1

어둠 속에서 디지털시계가 희미한 빛을 발하며 오전 7시를 가리켰다. 그러자 알람과 함께 창에 설치된 블라인드가 조용히 올라가기 시작했다. 점점 밝아지는 방 안으로 따뜻한 햇살이 스며들었고, 햇살을 받은 작은 먼지들이 공중에 떠다녔다. 먼지들은 마치 중력이 사라진 듯, 가볍게 둥둥 부유했다. 모든 것이 멈춘 듯한 조용한 공간 속에서 한 남자가 침대에 누워 세상모르고 잠들어 있었다.

남자의 얼굴은 평화로웠고, 나이는 20대 후반쯤 된 앳된 청년처럼 보였다. 옆에 있는 탁자 위에는 깔끔하게 정리된 물건들, 그리고 디지털시계가 놓여 있었다. 7시 1분. 이

전보다 더 요란한 알람 소리가 방 안을 울렸다. 남자는 미간을 찌푸리며, 잠에서 깨기 싫다는 듯 손을 뻗어 알람을 껐다. 그는 깊은 한숨을 내쉬며 왼쪽 팔로 눈을 가리고 다시 이불 속으로 파고들었다.

그러나 그 평화도 잠시. 잠이 덜 깬 표정의 남자는 어느새 전동 보드를 타고 숲길을 가로질러 출근 중이었다. 숲은 새들의 지저귐으로 가득했고, 아침 공기는 상쾌했다. 하지만 남자의 머리는 여전히 무거웠다. 마치 타잔처럼 커다란 하품을 하며, 그는 보드를 타고 오솔길을 지났다. 오솔길은 오래된 흙길이 아니라 매끈하게 다듬어진 첨단소재 길이었다.

피곤함에 지친 남자는 결국 보드의 버튼을 눌렀고, 보드는 순식간에 카트로 변했다. 그는 카트 안에 설치된 좌석에 앉아 조작 버튼을 만지작거렸다. 그런데 그때, 배터리 부족을 알리는 경고음이 울리며 화면이 깜빡거렸다.

"이러다 또 지각하겠네."

그는 투덜거리며 좌석 아래에 숨겨둔 보조배터리를 꺼

내 연결했다. 그리고 목적지를 입력한 뒤, 자동 주행 설정 버튼을 눌렀다. 이제 그는 몸을 의자에 기댄 채, 가방에서 음료를 꺼내 한 모금 마셨다.

"캬아! 나도 에너지 충전 좀 하고."

흘러나온 음료가 바람을 따라 그의 얼굴을 타고 옆으로 흘러갔다. 그러다 이내 숲 어딘가로 이슬이 되어 날아갔다. 그는 피곤한 듯 다시 의자에 몸을 기댔고, 그가 탄 카트는 생태공원의 매끈한 오솔길을 빠르게 지나갔다. 달리는 카트 밖으로 보이는 공원 풍경과 멀리 솟은 빌딩들은 현실이 아닌 꿈처럼 아주 아름다워서 비현실적으로 보일 정도였다.

1 - 2

'R컴퍼니 연구소'라고 적힌 커다란 건물 입구에 다다르자, 선글라스를 쓴 보안 요원들이 마치 터미네이터처럼 굳건히 서 있었다. 남자는 그들 사이를 지나며 괜스레 긴장했고, 스스로 작아지는 기분을 느꼈다. 보안 요원들을 지나친 뒤, 그는 지루한 표정으로 검색대를 통과했다. 화면에는 그의 이름, 소속 부서와 함께 '1분 20초 지각'이라는 문구가 떠올랐다. 남자의 이름은 정지한, 직책은 연구원이었다.

R컴퍼니 연구소 내부는 분주했다. 흰 가운을 입은 연구원들이 바삐 오가며 각자의 프로젝트에 몰두하고 있었다. 정지한은 급히 가운을 입고 그들 사이에 자연스럽게 섞여,

마치 그 무리의 일원인 것처럼 행동했다. 그러다 갈림길에서 재빨리 방향을 틀어 복도를 걷다가 갑자기 어깨를 옥죄는 무언가에 놀라며 멈춰 섰다. 등골이 서늘해져 돌아보니 그의 어깨를 감싼 것은 다름 아닌 로봇 팔이었다.

"으앗!"

뒤에서 익숙한 목소리가 들려왔다.

"지한아, 오늘도 지각이냐?"

목소리를 따라 시선을 옮기자, 연구소의 괴짜 홍진국이 서 있었다. 그의 얼굴엔 장난스러운 미소가 가득했다. 진국은 헝클어진 머리와 날카로운 눈빛을 가진, 연구소에서 독특한 존재감으로 유명한 인물이었다. 지한은 놀란 나머지 갑자기 딸꾹질을 하기 시작했다. 진국은 그런 지한을 보며 웃음을 참지 못했다.

"크핫! 많이 놀랐냐?"

"형은 도대체, 아침부터 왜 이래요!"

지한은 로봇 팔을 떼어내며 투덜거렸다.

"가뜩이나 요즘 잠도 부족해서 예민한데."

진국은 그의 눈을 보며 또 웃음을 터뜨렸다.

"그런 것치고는 눈이 제대로 부었는데?"

그는 지한의 입꼬리를 억지로 올려 웃는 모양을 만들었다. 심드렁한 표정의 지한이 결국 얼굴을 찡그렸다.

"야, 긴장 좀 풀어. 릴랙스!"

진국은 손동작까지 해가며 숨을 깊게 들이마시고 천천히 내쉬는 시범을 보였다. 그러나 지한은 심드렁하게 로봇 팔을 진국에게 건넸다.

"이거나 좀 치워봐요."

그때 연구소의 로봇 강아지 '멍이 2호'가 나타나서 지한이 건넨 로봇 팔을 등에 짊어지곤, 진국의 실제 강아지 '먕이'와 함께 장난을 치며 연구실 쪽으로 사라졌다. '먕이'는 진국이 연구소에서 허가받고 키우는 귀여운 두 살 강아지였다. 특이하게도 먕이는 멍이 2호를 기계라고 여기지 않는 것 같았다. 오히려 자신의 친구라고 생각하며, 멍이와 함께 잘 놀다가도 가끔 도도하게 등을 돌리곤 했다. 멍이 2호는 진국이 만든 로봇 강아지로, 먕이의 든든한 경호원이자 모든 장난을 받아주는 충직한 동반자였다.

두 강아지가 복도를 가로지르는 동안, 연구소 직원들이 분주하게 오갔다. 강아지들은 그들 사이에서 잠시 얼어붙었다가 이내 목적지로 돌아갔다. 이를 지켜본 지한은 무심코 중얼거렸다.

"A팀… 무슨 일 있나?"

"저 팀, 저번에 대대적인 프로젝트에 들어간다고 하지 않았나? 프로젝트 Z인가 뭐."

진국의 대답에 지한은 고개를 끄덕였다.

"우리도 이번에 큰 프로젝트 들어갔잖아. 프로젝트가 동시에 진행되는 건 처음인데."

"말도 마. 팀들끼리 경쟁 붙여서 난리야. 성과 좋은 팀에 예산 몰아준대. 프로젝트가 애들 장난도 아니고, 이게 무슨 게임이냐고. 그만큼 위험부담이 커지는 건데."

진국이 투덜대며 뒤를 돌아보자, 지한은 이미 그 자리에 없었다. 어느새 앞서 걸어가는 지한을 보며, 진국은 익살스러운 표정으로 뒤따라 뛰어갔다.

1-3

하얀 톤으로 꾸며진 넓은 연구실 한쪽에는 레오나르도 다빈치의 인체 비례도가 입체 조형물로 구현되어 있었다. 조형물은 공간의 중심을 차지한 것처럼 묵직한 존재감을 드러냈고, 디지털 종이를 넘기는 사각거리는 소리가 연구실 곳곳에 울려 퍼졌다.

연구실 구석의 책상에 앉은 지한은 스탠드를 켜놓고 타이핑을 하며 서류 작업에 몰두하고 있었다. 그는 안경을 집어 들어 코에 올렸고, 눈을 가늘게 뜨고 서류를 들여다보았다. 그가 텀블러를 들고 커피를 마시려던 순간, 갑작스럽게 목소리가 연구실을 울렸다.

"B팀, 긴급회의!"

지한은 흠칫 놀라 들고 있던 텀블러를 떨어뜨렸고, 커피가 책상 위에 쏟아졌다. 강을 형성한 커피가 서서히 디지털 서류 쪽으로 영역을 넓혀가자, 그는 반사적으로 본인 팔을 갖다 대어 하나의 거대한 댐을 만들었다. 그의 하얀 가운에 커피 물이 들기 시작했다. 손에 닿는 화장지를 뽑아 책상을 다급하게 수습하던 지한은 다른 연구원들이 서둘러 회의실로 들어가는 모습을 지켜봤다. 그는 자신이 회의에 참석할 직급이 아니라는 걸 잘 알고 있었기에, 혼자 남아 커피 얼룩을 닦는 데 집중했다. 얼룩이 선명하게 남은 흰 가운은 벗어서 의자 팔걸이에 개켜놓고, 흰 가운 안 사복에 묻은 곳이 없나 살펴봤지만 매우 멀쩡했다. 겨우 수습을 끝낸 후 뒤를 돌아보니, 회의실에서 나오는 사람들의 얼굴이 하나같이 어두웠다.

그중, 홍진국과 황제니가 심각한 표정으로 나오며 얘기하다가 갑자기 멈춰 서더니 지한 쪽을 바라보았다. 아침의 장난기 넘치던 모습은 사라지고, 진국의 얼굴에는 무거운 그림자가 드리워져 있었다. 그는 잠시 망설이다가 지한에게 다가와 조심스럽게 입을 열었다.

"지한, 얘기 좀 할까?"

진국의 진지한 목소리에 지한은 순간적으로 당황했지만, 그가 무슨 말을 하려는지 알아채지 못한 채 고개를 끄덕일 수밖에 없었다.

1 - 4

연구소 카페테리아에는 잔잔한 음악과 커피 향이 퍼져 있었지만, 그곳에 앉아 있는 세 사람 사이에는 묘하게 긴장감이 감돌았다. 지한, 진국, 그리고 제니. 지한은 진국의 말을 듣고는 음료를 마시려다 깜짝 놀라며 되물었다.

"네? 뭐라고요?"

그의 놀란 표정에 진국은 한숨을 내쉬며 머리를 긁적였다.

"나도 미치겠다! 섭외부터 세부 조정까지 다 마쳐놨는데, 이제 와서 다 바꿔야 하니."

진국은 마른입에 음료를 한 모금 축였다. 지한은 이해할 수 없다는 듯 고개를 갸웃했다.

"사실 이번 베타테스트가 일반 피험자를 대상으로 하니까, 인지 위험성이 클 수 있다는 거, 너도 알잖아."

진국이 말하는 위험성은 현실적인 문제였다. 일반인 대상 베타테스트는 항상 예측할 수 없는 변수들이 따라오니까.

"그야 그렇지만. 그렇다고 해서."

지한은 무심결에 침을 꿀꺽 삼키고, 두 사람을 번갈아 바라보며 겨우 말을 이었다.

"그래도 그렇지, 제가 꼭 해야 하는 겁니까? 너무 갑작스럽기도 하고. 저 말고도 할 사람 많잖아요!"

지한은 선뜻 납득할 수 없었다. 그의 항변은 불안함과 혼란스러움에서 비롯된 것이었다. 이 임무가 얼마나 중요한지 알면서도, 갑작스러운 제안에 그저 당황스러울 뿐이었다. 그런데 의외로 진국이 단호하게 그의 말에 대답했다.

"다른 팀 지원을 받을 수 없는 상황이란 거, 너도 잘 알 거야. 지난번 검사에서도 인지력이 가장 높은 사람이 너였고…. 다행히 환경 샘플 떠놓은 것도 있는 데다… 그리고 무엇보다 네가 우리 프로젝트를 이론적으로 제일 잘 알고 있잖아."

진국의 말이 끝나기 무섭게, 조용히 듣고만 있던 제니가 고개를 끄덕이며 말을 보탰다.

"맞아, 네가 제일 잘 알지."

그녀는 차분하면서도 깊은 눈빛으로 지한을 바라보았다. 제니의 시선은 간절했고, 그 눈빛은 마치 지한을 붙잡고 놓지 않으려는 듯 애절했다. 지한은 당혹스러워 시선을 피할 수밖에 없었다. 제니는 연구소에서 지한이 가장 존경하는 선배였다. 그녀의 말을 무시할 수는 없었다.

"부탁한다, 지한아."

그의 이름을 부르는 제니의 목소리는 평소와 달랐다. 간절한 목소리 뒤에는 어쩔 수 없는 다급함이 느껴졌다.

"이 부탁이 어려운 것도, 무리한 것도 알아. 하지만 우리가… 시간이 많지 않아."

지한의 머릿속은 점점 더 혼란스러워졌다. 이제 막 음료를 내려놓은 그는 눈앞이 흐릿해질 정도로 복잡한 생각에 빠져들었다.

'정말 내가 이걸 해야 하는 걸까?'

"너무 갑작스럽네요. 생각해볼 시간이라도 있으면 좋겠어요."

지한은 시간을 벌고 싶었다. 당장 중요한 결정을 내리기에 그는 준비가 되어 있지 않았다. 하지만 그는 그럴 여유조차 없다는 것을 직감하고 있었다.

그때, 평소 장난스럽기만 하던 진국이 진지한 표정으로 다시 말을 꺼냈다.

"어떡하냐, 지한아! 네 선택에 이번 프로젝트, 아니, 우리 팀의 존폐가 달려 있다."

진국의 목소리에는 더 이상 여유가 없었다. 무겁고 진지했다. 그가 한숨을 내쉬며 지한의 눈을 똑바로 바라봤다. 그 순간 지한은 느꼈다. 이건 단순한 선택이 아니다. 그의 결정 하나가 연구 결과를 넘어서 팀 전체, 더 나아가 회사의 미래를 좌우할 수도 있었다.

지한의 심장은 쿵쿵 뛰기 시작했다. 심장이 뛰는 게 느껴질 정도였다. 그의 머릿속은 복잡하게 얽힌 생각들로 가득 찼다. 이 일을 승낙했을 때 그가 감수해야 할 위험, 실패할 경우의 부담, 그리고 이 모든 걸 자신이 감당할 수 있을지에 대한 의문이 그의 마음을 짓눌렀다. 이런 제안이 왜 하필 자신에게 주어져서 괴로워해야 하는지 답답하고 억울했다. 하지만 그가 존경하는 선배들의 간절한 눈빛이 그를 다시 이성적으로 만들었다.

'지금 결정할 수는 없어.'

지한은 한동안 침묵을 유지하다가, 결국 입을 열었다.

"...알겠습니다."

지한은 깊은 숨을 들이쉬고 결단을 내렸다.

"팀장님과 면담 후 결정하겠습니다."

그 말에 카페테리아의 공기가 조금은 가벼워지는 듯했다. 진국은 안도한 듯 고개를 끄덕였고, 제니는 그에게 미소를 보냈다. 그 미소 속에는 고마움과 믿음 등 여러 가지 마음이 가득 담겨 있었다.

1-5

B팀 팀장실 안, 넓은 탁자를 사이에 두고 지한과 팀장은 소파에 앉아 있었다. 반듯한 이마와 굳게 다문 입을 가진 팀장은 언제나 원리 원칙을 지키는 인물로, 감정적인 면을 보인 적이 거의 없었다. 그러나 지금 그의 이마에 송골송골 맺힌 땀이 그에게 드리운 위기감을 알리고 있었다. 그는 지한의 아버지뻘이었지만, 팀 성적 만년 꼴찌인 B팀이 사내 1위 팀으로 올라가는 걸 꼭 보고야 말겠다는 신념 하나로 해체 직전의 작은 팀에 남아서 팀을 이끌고 있었다.

"어려운 선택이었을 텐데… 신속히 결정해줘서 고맙네."

지각을 밥 먹듯 하던 지한이 한 번도 들어본 적 없던, 부드럽고 온화한 목소리였다. 지각 1~2분 때문에 페널티를 받는 일은 드물었지만, 원리 원칙을 철저히 지키는 팀장에게 지한은 눈엣가시 같은 존재였다. 덕분에 지한은 회사 생활을 늘 조심조심, 가늘고 길게 이어가고 있었다.

"이번 프로젝트 테스트만 무사히 진행된다면…"

팀장이 팔을 뻗어 지한의 어깨를 토닥이려는 순간, 지한은 불편함에 몸을 움츠렸다. 팀장의 낯선 태도에 소름이 돋기 시작했다.

"죄송하지만, 아직 확실히 결정한 것은 아닙니다. 면담 후에 결정하겠다고 말씀드렸는데요."

기대에 가득 찼던 팀장의 얼굴이 순간 울상이 되었다. 지한은 그런 그의 모습을 놓치지 않았다.

"그런데 말입니다."

팀장은 비집고 튀어나오려는 조급한 마음을 애써 누르려 심호흡했다.

"그래, 말해봐요."

"이런 경우에는 절차대로 진행하는 게 맞지 않습니까?

아무리 시간이 걸린다고 해도요. 만약 일이 잘못되면 책임은 누가 지는 겁니까?"

팀장의 표정이 순식간에 붉으락푸르락해졌다. 그의 목에는 핏대가 섰고, 손은 다급하게 창문 블라인드를 젖혔다. 그는 복도를 지나가는 해외 석학 연구진들을 잠깐 보고는 얼른 블라인드를 닫고 속삭이듯 말했다.

"일정이 밀리잖아! 비용도 문제지만, 시간! 그걸 어떻게 할 거냐고!"

'그게 제 책임은 아니잖아요! 왜 하필 저한테…'

지한은 이렇게 외치고 싶었지만, 입에 머금고 밖으로 내지는 않았다. 말이 연구원이지, 그는 일개 자료 조사원에 지나지 않았다. 계약직과 정규직 사이의 불안한 줄타기를 하는 자신에게는 이 프로젝트가 너무나도 큰 도박이었다.

"저 사람들 다시 한자리에 모을 수 있을 것 같아? 이번에 모인 것만 해도 기적이라고!"

예상보다 몰아붙이는 팀장의 모습에 당황했지만, 지한은 물러서지 않았다.

"그래도 처음부터 해야 한다면 다시 해야죠."

팀장은 잠시 침묵하더니, 무거운 한숨을 내쉬며 말했다.

"그래, 이번 변수는 미처 예상하지 못했어. 내 불찰이기도 하지. 그건 인정하네."

그는 한결 누그러진 목소리로 말을 이었다.

"그렇지만, 누가 이렇게 될 줄 알았겠어? 그 많은 시간과 자원을 투자한 지원자에게 그런 말도 안 되는, 사소한 부적격 사유가 있을 줄은!"

다시금 분노로 얼굴이 붉어진 팀장은 한숨을 쉬며 지한에게 진심을 담은 눈빛을 보냈다.

"자네를 이렇게 몰아세워 미안하네. 하지만 이번 프로젝트만 무사히 마치면, 그 공로를 절대 잊지 않겠네. 보상도 확실히 할 테니! 팀장직을 걸고 말이야. 그리고 어떤 리스크든 내가 막아줄 거야. 그러니 제발… 부탁하네."

팀장은 원칙에 어긋나는 상황을 감내하기 힘든 듯 보였고, 지한에게 진심으로 미안해했다. 그의 거칠지만 따뜻한 손이 지한의 손을 감쌌고, 핏발 선 눈이 간절하게 지한을 바라보았다. 지한은 순간적으로 아버지를 떠올렸다. 팀장의 얼굴과 아버지의 모습이 겹쳐졌다.

"조건 하나만 들어주신다면, 선택이 조금 더 쉬워질 것 같습니다."

"얘기해봐요."

팀장의 눈이 기대와 희망으로 빛났다.

1-6

대형 연구실 안은 바쁘게 움직이는 연구원들로 가득했다. 그들은 자신의 임무를 수행하거나, 지한에게 다급하게 주의 사항을 설명하고 있었다. 그들의 긴장감 넘치는 목소리와는 대조적으로, 지한은 그저 수동적으로 고개만 끄덕이며 방관하듯 그들을 바라보고 있었다. 마지못해 듣고 있는 그의 표정에서 생기가 사라지고 있었다.

'그래, 좋게 생각하자. 하루야, 단 하루! 게다가 하루 만에 결혼자금을 벌 수 있잖아. 물론 내가 겪는 시간은 수십 년이겠지만…'

그는 마음속으로 스스로를 다독였다. 하지만 그 다짐조

차도 곧 허망하게 느껴졌다. 잠시 후 그가 들어갈 그 '세계'는 하루라는 시간이 무색할 정도로 길고, 길을 잃을 수 있을 정도로 복잡할 터였다.

"정지한 연구원! 듣고 있어요?"

연구원의 목소리가 그를 현실로 불러들였다.

"네!"

지한은 급히 대답했다.

"안에 접속하면 금전적인 부분은 해결될 겁니다. 경로는 공개할 수 없고요."

연구원의 목소리는 냉정해 보일 정도로 낮고 차분했다.

"…네."

지한은 짧게 대답했다. 사실, 결혼자금이 문제가 아니었다. 이 미친 계획을 어떻게 받아들여야 할지 모를 뿐이었다. 중요하다고 알려주는 이런저런 설명들이 자신과 상관없는 일처럼 느껴지기도 했고, 다시금 막막함이 밀려오기 시작했다.

"음식은 꼭 섭취해야 합니다. 인지부조화 때문에 먹지

않으면 이쪽에서 아무리 링거를 투여해도 흡수가 잘 안 되니까요. 그곳에서는 현실 시간 대비 만분의 일 시간이 적용됩니다. 피험자인 정지한 연구원이 수년의 여행을 다녀오시는 동안, 여기서는 하루가 지나게 될 겁니다. 다녀오시면 반나절간의 회복 및 적응 검사를 하고 귀가하실 수 있을 겁니다."

연구원의 설명은 계속 이어졌다. 지한은 덤덤한 표정으로 듣고 있었다. 그럴 수밖에 없었다. 모든 것이 불확실하고 혼란스러웠다. 자신이 무엇을 하려고 하는지, 이게 정말 가능한 일인지조차도 확신이 없었다. 그런데도 그가 여기 있는 이유는 분명했다. 윤희와의 결혼, 그리고 함께할 보금자리. 지한은 마음을 다잡고 다시 한번 다짐했다. 이게 끝나면, 난 달라질 거야. 그렇게 지한은 팀과 회사의 운명을 짊어지고, 마지막으로 마음을 붙들었다.

"그리고 아시다시피, 가장 중요한 사항은 무슨 일이 있어도 죽지 말 것! 시스템 오류로 프로그램이 미쳐 날뛸 수 있으니까요. 그럴 경우 우리도 제어권을 잃고, 그 후에는…

아시죠?"

지한은 망연자실한 표정으로 고개를 끄덕였다. 그와 동시에 한 가지 생각이 떠올랐다. 그는 손을 들어 조용히 물었다.

"저… 들어가기 전에 전화 좀 하고 와도 될까요?"

연구원들은 잠시 당황한 얼굴로 서로를 쳐다보았다. 중요한 임무를 앞두고 이런 질문을 듣게 될 줄은 상상도 못한 듯했다. 그러나 곧 노련해 보이는 연구원 한 명이 미소를 띠며 말했다.

"물론입니다, 정지한 연구원. 접속 전 마지막으로 통화할 수 있는 시간을 드리죠."

지한은 자리에서 일어나 조용히 회의실을 빠져나갔다. 복도를 따라 걷는 그의 머릿속이 복잡했다.

'진짜로 해야 하나? 하루면 끝난다는데… 하지만 그게 진짜 하루일까?'

곧장 밖으로 나와 하늘을 바라보았다. 맑고 푸른 하늘은 여전히 평온했다. 그러나 그의 마음은 쿵쾅거리며 요동쳤다. 그가 곧 직면할 세상은 지금과는 전혀 다를 것이 분명했다. 그는 휴대폰을 꺼내 번호를 눌렀다. 신호음이 몇 번 울리더니, 익숙한 목소리가 들려왔다.

1 - 7

"여보세요?"

지한은 잠시 말을 잇지 못하고 서 있었다. 그녀가 그의 목소리에서 무언가를 눈치챌까 봐 겁이 났다.

"엄마."

그는 최대한 태연하게 말했다.

"아들! 이 시간에 무슨 일이야?"

"엄마, 시간 없으니까 그냥 들어줘."

"응, 그런데 목소리가 왜 그래? 무슨 일 있어?"

"아니야, 그냥 오늘 좀 바빴어. 근데⋯ 있잖아, 자세한 설명은 못 하지만 나 오늘 야근하고 집에 내일, 아니 어쩌면 모레 들어갈 수도 있을 것 같아. 내가… 하루 동안 출장 비슷한 걸 다녀오게 될 것 같거든.”

“출장? 갑자기 무슨 출장?”

“응, 그게… 일이랑 관련된 건데, 잠깐이면 돼. 하루!”

“에구, 우리 아들 힘들어서 어떡하면 좋아! 혹시 밤새서 일해야 하는 거야?”

“아니야. 이번에 좋은 기회가 생겨서 잘하면 승진도 하고, 결혼자금도 금방 마련할 수 있을 것 같아.”

엄마는 의아해하는 듯했지만 더 묻지는 않았다. 지한은 한숨을 내쉬며 덧붙였다.

“나중에 자세히 말해줄게. 그냥… 돌아오면 결혼 준비는 바로 시작할 수 있을 거야.”

“그래, 알았어. 조심히 다녀와, 아들. 사랑해!”

그때 ‘띠링’ 하고 휴대폰 알림 음이 울렸다. 화면을 확인하자 거액의 돈이 입금된 내역이 떴다. 팀장이 약속한 액수였고, 입금한 곳은 회사였다. 이제 무르기도 어려워졌다.

“…나도, 엄마. 사랑해!”

"이게 꿈이야 생시야? 막내한테 이런 말도 들어보고. 오래 살고 볼 일이네! 그런데 아들… 혹시 그 출장이라는 게 위험한 일은 아니지?"

"엄마, 시간이 없어서… 내가 일 다 끝나면 전화할게! 끝나기 전에는 연락 안 될 거야."

"알겠어…. 너무 무리는 하지 말고. 힘들면 언제든지 얘기하고."

"응. 들어가볼게."

전화를 끊은 지한은 다시 한번 통화 버튼을 눌렀다. 이번엔 여자 친구였다.

"지한 오빠, 아까 보낸 메시지는 뭐야? 답도 안 하고…. 무엇보다 이 시간에 어떻게 전화했어?"

"윤희야, 사랑해."

"갑자기? 무슨 일 있는 건 아니지?"

"무슨 일은. 우리 주말 말고 데이트 더 앞당겨서 목요일에 만나자! 시간 낼 수 있겠어?"

"…확인해볼게. 근데 정말 무슨 일이야? 안 그러던 사람이 안 하던 짓 하니까 정말 이상하네!"

"참! 윤희야. 오늘부터 이틀 동안 큰 프로젝트에 들어가는데, 보안상의 이유로 연락이 전혀 안 될 거야."

"그래서 아까 그런 말 했던 거였어?"

"목요일에 다 얘기해줄게. 사랑해, 윤희야. 보고 싶을 거야."

"나도 사랑해⋯."

1 - 8

반원형으로 좌석이 배치된 대형 세미나실에 어둑한 조명이 내렸다. 국내외에서 모인 석학들이 자리를 메웠고, 기대와 긴장감이 공기를 무겁게 채웠다. 모든 이들의 시선이 단상에 선 제니에게 집중되었다.

"그럼, 이제 화면을 보시죠."

제니의 목소리가 마이크를 통해 차분히 울려 퍼졌고, 즉시 영어로 통역되어 스피커로 흘러나왔다.

"Then, let me show you a screen⋯."

세미나실은 완전히 어두워졌고, 제니가 준비한 자료가 스크린에 펼쳐졌다. 그곳에는 위성지도 데이터가 실시간으로 나타나기 시작했다. 제니는 자신감 있게 설명을 이었다.

"길 찾기에 사용되는 이 위성지도는 특수 카메라가 현실의 모습을 담아내 업데이트한 결과물입니다. 저희는 이러한 원리를 응용해, 가상현실 프로그램에 접목시켰습니다."

스크린에는 위성지도 제작용 차량이 거리를 달리는 모습이 클로즈업되었고, 청중들은 화면 속 세밀한 기술에 숨죽이고 집중했다.

"다만, 위성지도와 저희 기술의 차이점은 분명히 존재합니다. 위성지도는 현실을 반영하기 위해 끊임없는 업데이트가 필요하고, 그 전까지는 일방적인 정보일 뿐입니다. 반면 저희 가상현실 세계는 그 자체로 살아 있는 공간입니다. 사용자가 접속하는 순간, 가상 세계는 실시간으로 상호작용하며 변화를 맞이합니다."

제니는 말을 멈추고 잠시 청중들의 반응을 살폈다. 모두들 고개를 끄덕이며 관심을 보이고 있었다. 그녀는 리모컨을 눌러 몇 가지 추가 영상 자료를 보여주었다. 화면 속에는 가상현실 세계가 구현되는 과정이 상세하게 설명되어 있었다.

"이와 같은 상호작용 덕분에 가상 세계 내의 행동은 그 세계에 직접적인 영향을 미칩니다. 그러나 걱정하지 마십시오. 가상 세계는 말 그대로 가공된 공간이기 때문에 현실 세계에 어떠한 역작용도 미치지 않습니다."

스크린에는 이제 '인터랙티브 TX머신'이라는 문구가 등장했다. 청중들 사이에서 작은 웅성거림이 일었다. 그 기계는 제니가 주도하는 이번 프로젝트의 핵심이었다.

"저희도 '인터랙티브 TX머신'을 통해 어느 정도까지 리얼리티를 구현할 수 있을지 정확히 예측하지는 못했습니다. 하지만 이번 실험을 통해 가상현실이 현실에 얼마나 가깝게 구현될 수 있는지를 확인할 수 있을 것입니다."

제니는 자신감에 가득 찬 어투로 말하며 청중을 바라보았다. 청중들이 동요하는 게 느껴졌고, 누군가는 흥분한 얼굴로 동료에게 속삭이기도 했다.

"이번 프로젝트가 성공한다면, 이 기술은 주행 시뮬레이션, 비행 시뮬레이션, 더 나아가 보다 정확한 정밀 동작 예측까지도 가능하게 될 것입니다. 오늘 이 역사적인 순간에 함께해주셔서 감사합니다!"

조명이 다시 밝아지자 세미나실 안은 큰 박수 소리로 가득 찼다. 사람들은 서로 이야기를 나누며 감탄을 쏟아냈고, 몇몇은 제니를 보며 고개를 끄덕였다.

제니는 잠시 숨을 고르고 다시 마이크를 들었다.

"잠시 후 휴식 시간 뒤에는, 기계 가동실에서 '인터랙티브 TX머신'을 직접 눈으로 볼 수 있는 시간이 준비되어 있습니다."

영어로 번역된 제니의 안내가 끝나자, 앉아 있던 사람들이 기대에 찬 얼굴로 하나둘 일어났다. 대기 중인 기계 가동실을 향해 웅성거리며 발걸음을 옮기는 사람들의 뒷모습을 바라보며, 제니는 잠시나마 만족스러운 미소를 지었다.

1-9

지한은 전화를 끊고 다시 연구실로 돌아갔다. 이제 정말 돌이킬 수 없다는 생각이 들자, 마음이 무거워졌다. 점점 심장이 쿵쾅거렸고, 손끝이 얼어붙은 듯한 느낌이 들었다. 그는 깊은 숨을 들이마시며, 눈앞에 놓인 장치 앞에 섰다.

'그래, 하루면 돼. 단 하루. 하루 동안 수십 년의 시간을 견디면, 난 돌아와서 새로운 삶을 시작할 수 있을 거야.'

지한은 얇은 흰 티셔츠 위로 연구진들이 특수복을 입혀주는 것을 묵묵히 지켜봤다. 그들은 익숙한 손길로 장비를 하나씩 체크했고, 공간은 긴장감으로 가득 차 있었다. 그 중 한 명이었던 진국이 슬며시 다가와 주머니에서 무언가를 꺼내 보였다. 그의 손에는 USB가 들려 있었다.

"이건 특별 서비스야."

진국이 장난스러운 미소를 지으며 눈을 찡긋했다.

"깨어나면 이게 옆에 있을 거야. 여기선 잠깐이겠지만, 거기선 무려 10년 이상 보내고 와야 하잖아. 이거 있으면 가서 심심하진 않을 거야. 다들 이런 것까진 생각 못 한 거 같더라. 선배 잘 둔 줄 알아!"

지한은 먼 곳을 바라보며 멍하니 중얼거렸다.

"형, 솔직히 나 좀 무섭고 두려워. 내가 잘 다녀올 수 있을까?"

그 말에 진국은 안쓰럽게 지한을 바라보았지만, 이내 익숙한 개구쟁이 표정을 지었다.

"가능하다면 내가 후딱 다녀오고 싶다! 나는 하고 싶어도 못 하니까… 네가 대신 잘 다녀와라!"

지한은 깊은 한숨을 내쉬며 진국을 응시했다. 그의 미소 뒤에 감춰진 진심이 무엇인지 알 수 없었지만, 이 순간만큼은 그가 곁에 있어 고마웠다. 진국이 지한을 이끌고 컴퓨터

쪽으로 향했다.

"아직 시간 좀 남았어. 혹시 USB에 담고 싶은 거 있으면 말해봐. 얼른 로딩해줄게."

진국이 잠시 말을 멈추고 장난기 어린 눈빛으로 지한을 바라봤다. 지한은 잠시 망설이다가 고개를 끄덕였다.

"아무거나 상관없어. 그냥…"

진국 역시 고개를 끄덕이며 USB를 컴퓨터에 꽂았다.

"오케이! 내가 멋진 플레이리스트로 채워줄게. 취향은 몰라도 믿어봐. 돌아왔을 때 내 덕에 좋았다고 고맙다고 할걸?"

지한은 어색한 미소를 지었다. 그의 손은 여전히 떨렸지만, 진국이 곁에 있어 불안감이 조금은 줄어들었다.

1 - 10

지한은 특수복을 입고 차가운 금속 침대에 몸을 뉘었다. 그는 잠시 눈을 감고 심호흡을 했다. 떨리는 손끝이 그의 불안을 말해주고 있었다. 눈앞에 보이는 유리창 너머로 작동실이 한눈에 들어왔다. 진국과 여러 연구원들이 각자 자신의 자리를 지키고 있었다. 그들의 긴장된 표정과 삼엄한 경계가 이번 실험의 중요성을 대변하는 듯했다. 반 층 위 통유리창으로 된 견습실에는 전 세계 온 석학들이 앉아 역사적인 순간의 시작을 지켜보고 있었다.

진국이 지한에게 다가오더니 머리맡에 USB를 조용히 놓고는 그의 팔을 가볍게 두드렸다. 지한은 이를 악물고 고개를 크게 한 번 끄덕였다. 진국은 뭔가 말하려다가, 기계 점검을 완료한 제니가 다가오는 것을 보고는 가볍게 윙크를 남긴 채 작동실로 돌아갔다. 제니는 지한에게 다가와 다소 걱정스런 얼굴로 설명을 시작했다. 그녀의 목소리는 차분했지만 그 안에 담긴 긴장감이 고스란히 느껴졌다.

"몸에 따로 부착되는 건 없어. 진공관과 전자기파로 가동될 거야. 그래서 더 현실적으로 느껴질 거고… 간혹 발이 허공에 떠 있는 느낌이 들 수도 있어. 그럴 때는 몸 안의 혈액순환을 생각하면서 최대한 안정하면 돼. 그리고… 중요한 건, 네가 가는 곳은 현실과 똑같아 보이겠지만 그곳은 절대 현실이 아니라는 거야. 그걸 잊지 마. 절대로!"

제니는 그의 눈을 가만히 바라보며 말했다. 그 눈빛에는 책임감, 미안함, 기대, 그리고 무거운 압박감이 뒤섞여 있었다. 지한은 잠시 말없이 있다가 무겁게 고개를 끄덕였다.

"알고 있어요."

그는 긴장한 듯 침을 삼켰다.

'그래, 그냥 눈 딱 감고 다녀오는 거야. 윤희한테 돌아가

청혼도 하고, 결혼 준비도 해야지. 결혼 전에 부모님 모시고 여행도 다녀오고….'

마음을 다잡은 지한은 결심을 굳혔다. 제니가 작동실 쪽으로 오케이 사인을 보냈다. 그 신호를 받은 진국은 연구원들을 둘러보았고, 그들이 일제히 고개를 끄덕이자 진국이 다시 오케이 사인을 보내고는 엄지를 세웠다. 제니는 그 신호를 받고서 지한에게 미소를 지으며 말했다.

"우리가 여기서 최선을 다할 테니, 너무 걱정하지 마. 조심히 잘 다녀오자!"

그녀는 지한의 손을 꼭 잡아주었다. 그 손길에서 따뜻한 위로를 느낄 수 있었다.

"준비되면 말해줘."

지한은 잠시 망설였다가, 조용히 물었다.

"제가… 잘하고 올 수 있을까요?"

제니는 미소를 지었다.

"만약 여기에 너만큼 해낼 수 있는 사람이 있었다면, 그 사람이 이미 이 자리에 누워 있었겠지?"

그 말에 지한은 잠시 눈을 감았다가 떴다. 그리고 마지막으로 연구원들과 진국의 얼굴을 바라보았다. 모두가 숨을 죽인 채 그를 응시하고 있었다. 그는 눈을 감고 크게 숨을 들이켰다. 그러곤 번지점프를 하는 상상을 했다. 높은 곳에서 줄 하나에 몸을 맡기고 뛰어내리는 상상. 그는 두려운 상황에 놓일 때 종종 더 두려운 상상을 하며 극복해 내곤 했다. 상상에서 현실로 돌아온 그는 깊은 숨을 내쉬고 준비 버튼을 눌렀다.

"넵, 시작하세요…."

지한이 두 눈을 질끈 감으며 말했다. 제니가 크게 외쳤다.

"시작합니다!"

그 외침은 곧바로 영어로 번역되어 기계 같은 목소리로 방송되었다.

"Now, it starts!"

제니는 침대 아래에 있는 버튼을 눌렀다. 팟! 소리와 함께 지한의 몸 주위를 감싼 파란 선들이 깜빡였다. 진공을 머금은 선들은 푸른 혈관처럼 지한의 몸을 따라 얼기설기

길게 퍼져 나갔다. 커다란 방탄 캡슐이 풍선처럼 밀폐되었고, 침대가 천천히 내려갔다. 하지만 지한의 몸은 그대로 떠 있었다. 이내 내부가 진공 상태로 바뀌었고, 지한의 몸은 천천히 회전하기 시작했다. 마치 연구실 한쪽에 있던 인체 비례도 입체 조형물과 비슷한 형상이었다.

모든 것이 어둠 속으로 빨려 들어갔다. 순간 지한은 마치 시간과 공간이 일그러지는 듯한 감각에 휩싸였다. 그것도 찰나였다. 분명 그 자리에 그대로 있었지만, 그의 존재는 이미 다른 차원으로 이동하고 있었다. 끝이 보이지 않는 어둠 속에서, 그는 현실과 가상의 경계가 희미해지는 순간을 맞이하고 있었다.

1 - 11

연구실의 분위기는 고요를 가장하고 있었지만, 긴장감이 흐르는 공기는 감춰지지 않았다. 지한은 특수복을 입은 채 진공 상태의 기계 장치 안에서 천천히 전 방위로 돌고 있었고, 그 주위에서는 제니, 진국, 그리고 후배 연구원들이 분주히 움직이고 있었다. 그들이 수치를 확인하고 면면을 점검하는 사이, 지한의 심장이 점점 빨리 뛰기 시작했다. 진국이 길게 기지개를 켜며 툭 내뱉었다.

"교대는 아직 좀 더 있어야겠지?"

지루해진 듯 진국은 작동실 모니터를 흘긋 보며 말했다.

"아하, 이번 접속은 정말 기네. 역대급이다."

후배 연구원이 고개를 끄덕이며 조심스레 덧붙였다.

"그만큼 싱크가 높아서 그런 거죠?"

"그렇지. 이 정도 일치율은 처음이니까. 하지만 그래도 접속 시간이 기네."

그때 갑자기 울린 인터폰 소리가 긴장된 공기를 깨트렸다. 후배가 수화기를 들고 진국에게 전했다.

"A팀에서 연락이 왔는데요, 선배님."

진국은 수화기를 받으며 눈살을 찌푸렸다.

"A팀? 무슨 일이야?"

제니가 대신 전화를 받으며 대화를 시작했다.

"네, 여보세요? 뭐라고요? 안 돼요! 저희 아직 접속도 안 됐어요."

제니의 목소리는 차갑고 단호했다. 그녀는 서둘러 계기판을 확인했고, 열 단계 중 겨우 두 번째 표시등이 깜빡이고 있는 걸 확인했다.

"지금 저희 일만으로도 벅차요. 죄송하지만, 끊겠습니다."

진국이 고개를 돌려 물어보았다.

"뭐래? 무슨 일 있어?"

제니는 짜증 섞인 목소리로 대답했다.

"A팀에서 문제가 생겼다면서 와달래."

진국은 그 말을 듣자마자 불쾌한 표정을 지으며 소리쳤다.

"우리가 SOS 칠 땐 알아서 하라더니, 이제 와서 이러는 거 봐! 이거 다 일부러 그러는 거 아냐? 우리가 이번 프로젝트 성공하면 자기네 팀 예산이랑 에이스 뺏길까 봐!"

그의 말이 끝나기 무섭게, 연구실 문이 급히 열리며 A팀의 젊은 팀장이 숨 가쁘게 뛰어 들어왔다.

"제니! 부탁이야. 제발 도와줘. 이거 결함이 뭔지 도저히 모르겠어!"

"저희도 접속 중이라 움직일 수가 없어요, 선배. 아시잖아요."

팀장은 답답한 얼굴로 진국을 흘깃 보았다.

"여, 진국! 잘 있었냐?"

그가 난데없이 친한 척을 하자, 진국이 썩은 미소를 날리며 대꾸했다.

"뭐, 그냥 그렇죠."

그때, A팀 팀장 휴대폰이 울렸다.

"뭐라고? 알았어, 바로 갈게!"

A팀 상황은 더욱 꼬여버렸고, 팀장은 애타는 목소리로 제니에게 말했다.

"제니, 잠깐이면 돼. 진짜로! 한 번만 도와줘, 제발."

제니는 진국을 바라보며 고민했다. 하지만 진국이 대수롭지 않게 어깨를 으쓱하고는 말했다.

"다녀와. 내가 있을게. 금방이면 되잖아. 어지간히도 급한 것 같은데."

제니가 더 고민하자 진국이 떠밀었다.

"여긴 내가 있잖아! 든든하지? 가, 빨리 갔다 와."

제니는 걱정스러운 눈빛으로 진국을 바라보며 경고했다.

"진짜 잘 봐야 해. 무슨 일 있으면 바로 호출해."

"아이, 걱정 말라니까! 얼른 다녀와."

제니는 마지못해 A팀 팀장과 함께 연구실을 나갔고, 연구실 안은 갑자기 아까보다 더 조용해졌다. 이내 진국이 혼잣말로 중얼거리기 시작했다.

"참 나…. 짜증 솟구친다. 이 팀장 놈, 매번 이러네."

그때 후배가 찡그린 표정으로 조심스럽게 물었다.

"선배님, 저 화장실 좀 다녀와도 될까요?"

"화장실? 그래, 다녀와."

연구실 안에는 이제 진국 혼자 남아 있었다. 그는 감겨오는 졸음을 이겨내려 애쓰며 의자에 앉아 음악을 틀었다. 그런데 다짜고짜 그의 배에서 요란한 소리가 울렸다.

"아, 안 돼…. 이러면 안 되는데…."

진국의 얼굴이 하얗게 질리며 점점 불안한 기색을 띠었다. 배를 부여잡은 그는 눈을 질끈 감았다.

"설마 이 짧은 시간에 무슨 일이 생기겠어? 잠깐이면 돼!"

그는 엉거주춤한 자세로 연구실을 빠르게 나갔다. 문이 쾅 닫히고, 그 진동으로 계기판 위에 놓여 있던 음료수가 기계에 쏟아지며 작은 스파크가 일어났다. 아주 순식간에 일어난 일이었고, 그 광경을 본 사람은 아무도 없었다.

II. 신기루

2 - 1

지한이 들어가 있는 캡슐이 멈췄고, 곧이어 그가 깨어났다. 그는 천천히 주변을 둘러보았다. 캡슐이 열리며 낸 소음이 귀를 멍하게 만들었지만, 곧 고요한 정적과 어둠이 그를 감쌌다. 연구실 불빛이 깜빡이다 이내 다시 들어왔지만, 익숙한 세상과는 뭔가 달라 보였다. 전기 노이즈가 그의 귀를 스치던 순간, 지한은 그곳이 더 이상 자신이 알던 현실이 아니라는 걸 깨달았다.

"가상 세계에 도착한 건가…"

지한은 아직 실감 나지 않는 듯 중얼거렸다. 그는 자리에서 천천히 일어나 주위를 둘러보았다. 익숙하면서도 낯선 세상이었다. 가만히 손을 뻗어 근처 벽을 만져봤다. 차 갑고 딱딱한 촉감이, 정말 현실 같은 착각을 불러일으켰다. 그럼에도 불구하고 이곳은 진짜가 아니었다.

"와…. 여기 정말 진짜 같네! 사람들이 헷갈릴 만도 했겠다."

그는 감탄했다. 마치 현실과 똑같은, 아니 어쩌면 더 현실처럼 느껴지는 이 세계에서 앞으로 무슨 일이 벌어질지 상상도 가지 않았다.

"그래, 난 이제 어디로 가지? 집에 가면 되나?"

지한은 크로스 백과 평상복을 바구니에서 꺼내어 챙겼다. 그 순간 문득 생각이 났다. USB! 그는 깜빡 잊을 뻔했던 소중한 물건을 챙기고는 안도하며 입가에 미소를 지었다.

"이게 없으면 큰일 나지."

USB를 주머니에 넣은 그는 탈의실로 들어갔다. 잠시 후, 지한은 평상복으로 갈아입고 크로스 백을 메고 탈의실에서 나왔다. 아까 입고 있었던 옷이지만, 뭔가 조금 달라진 듯한 기분이었다. 어깨를 으쓱하며 문밖으로 나서던 지한은 마치 이 세상이 '진짜'인 것처럼 자연스럽게 행동하기로 결심했다.

"그래, 이제 가보자."

그가 문을 열고 밖으로 나섰을 때, 건물 밖 풍경은 여전했지만 이상하게 그 모든 것이 순간적으로 느리게, 마치 꿈속처럼 느껴졌다.

"이게 정말 가상 세계라면⋯ 앞으로 무슨 일이 벌어질지 정말 모르겠네."

지한은 자신도 모르게 긴장되기 시작했다. 눈앞에 펼쳐진 세상은 분명히 그가 아는 곳일 텐데도, 그는 무엇이든 가능할 것만 같은 기묘한 기대감과 불안을 동시에 느꼈다. 그의 하루는 이제 막 시작되었다. 그리고 그 하루는 결코 평범한 하루가 아니었다.

노을이 지는 자전거 주차장 근처, 붉게 물든 하늘 아래 지한의 카트가 묶여 있었다.

"여어, 내 카트도 그대로구만! 집에 갈 때는 느긋하게 보드로 퇴근해볼까나?"

나무로 디자인된 전동 보드 잠금을 풀며 기분이 좋아졌다. 손끝에서 느껴지는 따뜻한 나무의 감촉과 이미 익숙한 무게감이 그에게 안정감을 주었다. 그는 카트를 보드로 변신시킨 후 탄식했다.

"우와, 이거 이거… 너무 똑같아서 신기하네!"

지한은 흥분을 감추지 못하고 전동 보드를 타고 빙글빙

글 돌았다.

"이 정도면 정말 기대되는데?"

보드를 타고 출발하자, 모든 게 변하지 않은 것 같았다. 주변 숲에서 새들이 푸드덕거리며 날아다녔고, 노을 아래에서 각각의 그림자를 드리우며 지저귀고 있었다.

'이제부터 내가 이 세계의 주인공이야!'

지한은 그렇게 생각하며 보드를 올라탄 채 속도를 높여 나아갔다. 보드 움직임이 빨라졌다.

"위험이 재미를 더해주기도 하잖아! 자, 가보자! 오예!"

지한은 보드 속력을 더 높여 빠르게 주차장을 빠져나갔다. 노을빛이 점점 사라지고 있었다. 바람을 가르고 앞으로 나아가면서, 지한은 무언가 특별한 일이 기다리고 있을 거라는 확신을 가지게 되었다. 그 순간, 그는 완전히 새로운 모험의 시작을 느꼈다. 자신의 선택으로 들어온 새로운 세계에서의 삶에 대한 기대감에 가슴이 두근거렸다.

2 - 3

연구소 입구 양쪽에 선글라스를 낀 보안 요원들이 무표
정한 얼굴로 서 있었다. 그들은 마치 돌처럼 움직이지 않았
고, 근무 중인 모습이 매우 삼엄해 마치 로봇처럼 느껴질
정도였다. 그 사이로 전동 보드를 탄 지한이 슈퍼히어로처
럼 쌩, 지나갔다. 그 뒤로는 먼지바람이 회오리처럼 뒤따르
고 있었다.

"안녕? 굿 이브닝!"

지한은 쾌활한 목소리로 외치고는 휘파람을 불었다. 그의
기분은 절정에 달해 있었다. 그는 자신이 세상의 주인인 듯
자신감 넘치는 기세로 보드를 컨트롤하며 앞으로 나아갔다.

"저거 또 시작이네,"

한 보안 요원이 고개를 가로저으며 중얼거렸다.

"매일같이 저러나?"

다른 요원이 물었다.

"저 정도는 아니었는데."

그들은 서로를 쳐다보며 씁쓸한 표정을 지었다. 하지만 지한은 그들의 반응을 전혀 신경 쓰지 않았다.

"보안 요원들? 그들은 그냥 내 공연의 관객일 뿐이야!"

그가 보드를 타고 연구소에서 멀어지자, 노을 진 하늘 아래 연구소가 점점 작아졌다. 짙은 주황색과 분홍색이 뒤섞인 하늘이 그에게 응원을 보내는 것처럼 느껴졌다.

"여기서 한번 잘 버텨보자!"

지한은 외쳤다.

'이젠 진짜 시작이야. 뭘 해야 할까?'

그는 속으로 자문하며 속도를 높였다.

"나만의 특별한 하루를 만들어야 해!"

그렇게 결심한 그는 전동 보드를 타고 시원한 바람을 가르며, 새로운 모험이 기다리고 있는 도시 속으로 들어갔다.

지한은 미소를 지으며 자신감 있게 앞으로 나아갔다. 그의

하루는 정말로 이제 막 시작되었다.

2 - 4

　지한의 아버지 재석이 길목 편의점 파라솔 탁자에 장바구니를 놓고 앉아 연구소 쪽을 바라보고 있었다. 평소라면 이 시간쯤 지한이 나오기 마련이었다. 그는 불편한 듯 자리에서 일어나 코코를 쳐다보며 혼잣말을 했다.

　"참, 안 하던 마중을 하려니 어색하구먼! 그치, 코코야?"

　재석의 발밑에서 꼬리를 흔들던 작은 강아지, 코코가 그의 말에 답하듯 작게 짖었다. 재석은 피곤한 눈으로 휴대폰을 꺼내더니 아내에게 전화를 걸었다.

　"반찬 재료 사 오라니까 왜 아직도 안 들어오고 있어요? 저녁도 못 하고 있는데."

전화기 너머로 아내의 보채는 소리가 들려왔다.

"여보, 나 지금 지한이 마중 나왔어."

"뭐? 지한이 오늘 야근해서 못 온다고 했잖아! 미리 연락이라도 하지…."

전화가 끊기고, 재석은 멍하니 웃으며 코코에게 다시 길을 떠나자는 눈짓을 보냈다. 그때 멀리서 익숙한 흥얼거림이 들려왔다. 재석이 고개를 돌리자 전동 보드를 타고 달려오는 지한의 모습이 보였다.

"왔구나!"

재석은 반가운 마음에 자리에서 일어나 달려가며 손을 흔들었다. 동시에 지한의 휴대폰이 울렸다. 지한은 휴대폰을 확인하느라 아버지를 보지 못했다. 발신지는 '연구소'였다. 지한이 전화를 받으려는 찰나, 거대한 폭발음이 뒤에서 울려 퍼졌다.

펑!

순식간에 모든 것이 느려졌다. 재석의 눈앞에서 연구소 건물이 폭발하며 불꽃 구름이 하늘을 가르면서 솟아올랐다. 강렬한 섬광과 함께 폭발의 충격파가 지한이 있는 쪽을 덮쳤다.

"지한아!"

재석이 외마디 비명을 질렀지만, 강력한 폭발음에 귀가 멍해지고, 눈앞의 공기가 진동하는 듯했다. 화마는 지한을 덮쳤고, 전동 보드가 튕겨 그가 앞으로 고꾸라졌으며, 몸을 지탱할 새도 없이 바닥에 그대로 쓰러졌다. 코코는 그런 지한 곁을 맴돌며 미친 듯이 짖어댔다. 재석은 비틀거리며 아들에게 다가가려 했지만, 어디선가 날아온 작은 파편에 맞은 온몸이 쓰라려 움직이기 어려웠다. 또다시 귀를 찢는 굉음이 들렸다.

펑!

두 번째 폭발이었다. 이번엔 더 거대하고, 더 파괴적이었다. 폭발의 여파는 그들을 집어삼킬 기세로 몰아쳤다. 재석은 아들을 향해 손을 뻗었다. 하지만 폭발의 충격이 더 빨랐다.

"안 돼!"

재석은 마지막 힘을 짜내어 지한을 폭발 반대편으로 밀쳐냈다. 자신은 그 순간, 불길 속으로 빨려 들어가듯 사라졌다. 눈앞이 하얗게 번쩍이더니 그의 몸을 한순간에 화마가 쓸어 갔다. 지한은 그 충격으로 더 멀리 날아갔다. 바닥에 내팽개쳐진 지한은 의식이 돌아왔지만 시야는 흐릿했고, 폭발과 함께 솟아오른 불기둥이 마치 악몽처럼 느리게 다가왔다. 코코는 그 곁에서 미친 듯이 짖으며 지한을 쳐다보았다. 지한은 가까스로 정신을 차리고 불길을 바라봤다. 폭발의 잔해 속에서 퍼지는 불이 그의 바로 눈앞에서 타고 있었다.

"이건 정말… 말도 안 돼…."

머리는 멍하고 몸은 감각이 사라졌지만, 지한의 입에서는 무의식적인 감탄이 나왔다. 이 모든 상황이 비현실처럼 느껴졌다.

"우와…. 이거 뭐야, 리얼리티 장난 아닌데?"

이윽고 정신을 차리자 지한 곁에는 집에서 키우는 강아지 코코가 왈왈 짖어대고 있었다.

"코코! 너도 여기 있구나! 이 퀄리티 좀 봐! 표식도 똑같잖아! 마중까지 나온 센스쟁이!"

그는 코코를 번쩍 들어 올리며 환하게 웃었다. 그러나 감탄도 잠시, 지한은 코코를 조심스레 껴안고 활활 타오르는 불길을 바라보며 웃음을 지웠다. 그는 불길 속에서 자신의 보드가 타고 있는 것을 보며 말했다.

"보드는 잃었지만… 뭐, 진짜도 아니고! 이쪽 세계에서도 잘 지내보자, 코코!"

지한은 코코를 안고 불길을 뒤로한 채 집을 향해 걸음을 옮겼다. 하지만 코코는 자꾸만 뒤를 돌아보며 끊임없이 짖었다.

"코코, 왜 이렇게 짖어대는 거야…!"

코코를 꼭 껴안고 멀어지는 그의 뒤편, 탁자 아래엔 장바구니가 널브러져 있었다.

2 - 5

문에 달린 방울 소리를 울리며 지한이 집에 들어갔다. 신기하다는 얼굴로 집 안을 이리저리 둘러보며 품에 안은 코코를 내려놓았다. 내려놓기 무섭게 코코가 시끄럽게 왈왈대며 다시 밖으로 나가려 문을 긁기 시작하더니 문이 안 열리자 이내 거실로 돌진했다. TV가 틀어진 거실에는 지한의 엄마인 영애가 어깨에 파스를 붙이고 있었다.

"코코 왔구나! 여보? 당신이야?"

자세히 살펴보더니 지한임을 확인하고는 영애가 말했다.

"지한이니? 야근인지 출장인지 때문에 내일까지 못 온다더니! 장 보고 온다던 네 아버지는 왜 이렇게 안 들어오신다니! 그런데 어떻게 코코랑 같이 오는 거야? 코코 너! 문 열어놓은 새에 또 혼자 막 돌아다닌 거야?"

엄마는 짧은 시간에 질문 폭격을 쏟아내고 있었다. 코코를 째려보는 그녀를 보며 지한은 피식 웃음을 터뜨렸다.

"와아! 우리 엄마도 진짜 똑같네! 싱크로율 100%야. 성격, 외모, 전부 똑같아!"

"뭐… 뭐라고?"

영애는 황당한 표정으로 지한을 쳐다보며 물었다.

"와아…. 이렇게까지 똑같을 줄이야…. 안녕하세요! 다녀왔습니다, 이쪽 세계 어머니."

지한이 감탄을 멈추지 않으며 본인 방으로 들어가버리자, 영애는 어이가 없어 한참을 멍하니 서 있다가 말했다.

"아니, 쟤는 야근한다더니…. 아닌 밤중에 홍두깨가 따로 없네."

그 순간, 코코가 영애의 옷을 물고 문 쪽으로 끌어당기더니 다시 짖기 시작했다.

"얘가 왜 이래, 오늘따라…. 밖에서 뭐라도 보고 왔나!

코코야, 무서운 강아지라도 본 거야?"

영애는 손톱을 깎으려고 종이를 깔고 앉았지만, 코코는 끊임없이 짖고 옷을 잡아당겼다. 몇 번이고 방해받자, 더는 못 참겠다는 듯 영애가 자리에서 벌떡 일어나 코코를 번쩍 들어 올렸다.

"안 되겠다, 코코! 작은 방에서 잠깐 벌 좀 서자!"

그녀가 작은 방 불을 켜고, 코코를 내려놓으며 말했다.

"여기서 반성 좀 해, 코코! 맨날 마음대로 집 나가서 돌아다니다 오고 말이야. 알았지?"

작은 방에 갇힌 코코는 계속 낑낑대며 아빠 재석의 사고를 알리려 애썼다. 영애는 코코의 행동이 이상하게 느껴졌지만, 대수롭지 않게 생각하며 거실로 돌아왔다.

"어휴…. 쟤가 왜 저러는 거야, 진짜!"

코코는 계속해서 방문을 긁으며 낑낑거렸다.

2 - 6

"으이구, 이 양반이⋯. 도대체 어디 간 거야? 또 지난번처럼 바둑판 구경 갔나, 아니면 코인 노래방이라도 갔나⋯."

영애는 거실 한복판에 종이를 깔아놓고 손톱을 깎으며 혼잣말을 늘어놨다. 재석이 어딜 나가서 연락도 없이 늦을 때면 이러는 게 이제 일상이었다. 그녀는 갑자기 손톱 깎기를 멈추고 지한 방 쪽을 향해 소리쳤다.

"아들! 저녁 뭐 먹을까? 아들!"

그녀의 목소리가 집 안을 울렸지만, 대답은 없었다.

"뭐야, 대답도 없이⋯. 게임에 빠져 있나?"

영애는 손을 털고 자리에서 일어나 지한의 방으로 향했

다. 그녀가 방으로 들어가자 거실에 틀어놓은 TV에서 뉴스 속보로 연구소 폭발 소식이 흘러나왔다.

영애가 지한의 방문을 조심스레 노크하고 들어섰다. 방 안에 앉아 있던 지한은 엄마를 보고 고개를 들었지만, 어딘가 멍한 표정이었다.

"어이구, 우리 아들!"

영애는 늘 그렇듯 밝은 목소리로 말을 꺼냈다.

"엄마한테 갑자기 존댓말을 다 하고 그러셨어? 호호호! 오늘 무슨 일 있었어? 일이 힘들었어?"

영애의 밝은 웃음과 달리 지한의 얼굴엔 말 못 할 무언가가 떠올랐다가 이내 사라졌다. 그는 잠깐 망설이다가 짧게 대답했다.

"음… 아니에요."

지한의 마음속에 제니의 당부가 울렸다.

'가상공간은 모든 인물이 상호작용하는 프로그램이기 때문에 혼란을 줄 수 있는 말은 가급적 하지 않는 게 좋아.

프로그램에 균열이 생기면 곤란해. 오류가 발생하면 안 되니까.'

그 말을 되새기며 지한은 상황을 넘겼다.

'괜히 버그 뜨면 위험해지니까.'

"아들, 배고프지? 어서 저녁 먹을 준비 해라. 엄마가 차려줄게. 뭐 먹고 싶니? 그나저나 너희 아빠는… 라면이라도 끓여야 되나?"

'피곤해서 그런 거겠지?'

영애는 이상함을 느꼈지만, 아들의 방을 나서며 신경 쓰지 않기로 했다.

문이 닫히자 지한은 침대에 풀썩 누웠다. 배에서는 꼬르륵 소리가 났다.

"가짜 세계여도… 배는 고프네. 정말로 먹으면 배고픔이 가시려나…?"

그는 혼잣말을 하며 배를 문질러봤다.

거실을 무심코 스쳐 지나가던 영애 눈에 뜨인 TV 뉴스

자막이 그녀의 발길을 멈추게 했다. 다음 순간, 그녀의 깜짝 놀란 목소리가 집 안을 울렸다.

"어머나!"

거실에서 들려온 소리에 놀란 지한이 거실로 달려 나가서 그녀를 살펴봤다. 영애가 TV를 보고 있었다. 지한이 화면을 자세히 보니 연구소 폭발 사건이 뉴스 속보로 나오고 있었다.

—다시 말씀드립니다. 방금 들어온 속보입니다. 조금 전, 00시 외곽의 한 연구소에서 큰 폭발 사고가 발생했습니다. 현재까지 사상자 수는 확인되지 않았으며….

영애는 TV 화면을 자세히 들여다봤다. 뉴스 속 연구소는 매우 낯익었다. 지한이 다니는 연구소였기 때문이었다.

"여기, 지한이 네가 다니는 연구소 아니야? 맞지?"

영애는 믿기 힘들다는 표정으로 뉴스 화면을 더 자세히 들여다봤다. 아무리 봐도 가족 초대 행사 때 방문했던 아들의 직장이 맞았다. 그녀의 가슴이 철렁 내려앉았다. 뉴스는 계속해서 연구소 폭발에 대해 보도했다.

—R컴퍼니 연구소 폭발 원인은 조사 중에 있으며… 이번 사고로 인한 사망자 수는….

　"지한아!"

　영애는 안도에 찬 목소리로 아들을 바라보며 말했다.

　"이게 도대체 무슨 일이니? 넌 괜찮은 거야? 정말 천만 다행이야…"

　영애는 뉴스 화면에서 시선을 떼지 못한 채 한동안 멍하니 서 있었다. 잠시 TV만 바라보던 영애는 손이 떨리는 와중에도 휴대폰을 집어 들어 남편에게 겨우 전화를 걸었다.

　"설마… 아니겠지…. 설마…."

　전화는 신호음만 울렸다.

　"이게 도대체 무슨 일이라니! 어떡하니, 지한아…! 너 천만 다행이었다! 너 오늘 야근했으면 어쩔 뻔했어!"

　그러나 지한은 별일 아니라는 듯 어깨를 으쓱하며 대수롭지 않게 대답했다.

　"저 사고요? 이미 알고 있었어요. 하하! 퇴근하고 나올 때 폭발하는 거 봤는데요, 뭐. 너무 신경 쓰지 마세요."

그의 태도는 너무나 평온했다. 영애는 그런 지한을 보고 입을 다물지 못했다.

"네 직장이 폭발했다고! 너 방금 직장을 잃은 거나 다름 없는 거야. 게다가 사망자도 있다고 하잖니! 네 동료들은 어떻고?"

지한은 가볍게 웃으며 대답했다.

"상관없어요. 어차피 그만두려고 했는걸요."

지한의 태도는 너무나 무심했다. 별일 아니라는 듯 씩 웃기까지 하는 지한을 의아하게 바라보던 영애의 가슴 깊 숙한 곳에서 불길한 기운이 일었다. 그녀는 온몸에 소름이 돋는 듯했다. 원래 알던 모습과 다르게 느껴지는 자신의 아들이 낯설고 이상하다고 생각했다.

2 - 7

늦은 저녁, 모자는 어색한 공기 속에서 결국 라면을 먹었다. 불안했던 영애는 연신 휴대폰을 확인하며 중얼거렸다.

"그나저나 너희 아버지는 왜 이렇게 연락이 안 된다니? 사람 걱정되게 말이야."

지한은 라면을 젓가락으로 휘저으며 무심하게 대답했다.

"원래 아빠 연락 잘 안 되잖아요. 뭐, 그러다 또 갑자기 들어오시겠죠."

"퇴근하면서 혹시 아버지 못 봤니? 너 데리러 간다고 했던 게 마음에 걸려서."

"에이, 못 봤어요. 엄마도 참, 무슨 그런 말씀을!"

그때, 영애의 휴대폰 벨이 울렸다. 저녁을 먹다 말고 서둘러 휴대폰을 본 영애는 예상했던 남편의 번호가 아니라 모르는 번호가 보이자 의아한 마음이 들었다.

"여보세요. 네, 전데요…."

전화를 받고 잠시 뒤, 그녀의 얼굴이 급격히 굳어졌다.

"네? 뭐라고요? 어디라고요?"

영애는 전화를 받는 동안 얼굴이 점점 하얘졌다. 한쪽 손에 쥐고 있던 젓가락은 테이블 위에 툭 떨어졌다. 그녀는 넋이 나간 목소리로 겨우 대답했다.

"네…. 제가 바로 갈게요."

지한은 젓가락을 내려놓고 의아한 얼굴로 영애를 바라봤다.

"무슨 일이에요?"

그녀는 손으로 얼굴을 감싸 쥐며 울먹였다.

"너희 아버지가… 아냐, 이럴 때가 아니지! 지한아, 빨리 옷 입어! 당장 가봐야 해!"

"아빠한테 무슨 일 있대요?"

지한은 상황이 심상치 않음을 직감하고 벌떡 일어났다.

"너희 아빠가… 사고를 당했대. 그곳에서 발견됐다고…. 근데 아닐 거야, 다른 사람일 거야!"

영애는 눈물이 글썽이며 대답했다.

"어디서요? 대체 무슨 사고예요?"

하지만 영애는 더 이상 말이 나오지 않는 듯, 떨리는 손으로 지한을 이끌고 문을 향해 서둘렀다. 두 사람은 바람처럼 집을 나섰다. 차가운 밤바람이 그들을 맞았고, 두 사람에게는 긴장감이 맴돌았다.

2 - 8

구급차 여러 대가 사이렌을 울리며 병원 입구로 쏟아져 들어왔다. 입구는 혼란 그 자체였다. 취재진들이 카메라를 들고 몰려들었고, 부상자들이 들것에 실려 병원으로 들어왔다. 그 혼란의 한가운데에 영애와 지한이 있었다.

"이분… 맞으세요?"

간호사의 안내를 받은 영애와 지한이 한 침상으로 향했다. 영애는 마치 꿈을 꾸듯 간호사를 따라 걸음을 옮겼다. 지한도 어머니를 뒤따랐다. 간호사가 흰 이불을 걷어 올리자, 영애는 눈을 질끈 감고 말았다. 겨우 부들부들 떨리는 눈을 뜨자, 흰 천 아래로 화마에 얼마 남지 않은 재석의 옷

조각이 보였다.

"지한 아버지! 아니, 어쩌다가… 아니야! 안 돼!"

영애는 손을 부들부들 떨며 그 앞에서 오열했다. 눈물을 흘리며 이 모든 것이 악몽이기를 바라던 그녀는 차마 현실을 받아들일 수 없었다.

하지만 그 순간, 옆에 있던 지한의 기묘한 반응이 영애의 흐트러진 정신을 잡아당겼다. 지한은 그저 가만히 서 있었다. 얼굴엔 아무런 감정이 없었고, 눈만 침상 위의 끔찍한 장면을 바라보고만 있었다.

"이렇게 생생할 수가. 첫날부터 참 스펙터클하네…."

지한이 작게 중얼거렸다. 그 말이 너무나 차가웠다. 영애는 그의 얼굴을 바라보다가 섬뜩한 기운에 흠칫 놀라 물러섰다. 아들이 어딘가 이상했다. 이런 충격적인 일 앞에서 너무나 평온한 얼굴, 너무나 무심한 태도. 자신이 알던 아들이 아니었다.

"지한아, 너… 무슨 말을 하는 거야?"

영애는 떨리는 목소리로 물었지만, 지한은 대답하지 않

았다. 그는 그저 침상을 바라보며 말없이 서 있었다. 그 순간, 영애는 이해할 수 없는 두려움이 자신을 덮쳐오는 것을 느꼈다. 그 두려움은 남편의 갑작스러운 죽음 때문만이 아니었다. 그녀는 점점 더 낯설어지는 자신의 아들을 보며, 이 모든 것이 도대체 이해되지 않아 혼란에 빠져갔다.

"지한아, 너 괜찮아? 네 아버지가…."

그러나 지한은 눈을 감고 고개를 저었다.

"엄마…. 이게… 진짜일까? 내가 진짜 슬퍼해야 하는 게 맞을까?"

그의 말은 너무도 차가웠고, 영애는 할 말을 잃었다.

2 · 9

장례식장에 걸린 현수막에는 '연구소 폭발 사고 합동 장례식'이라는 문구가 적혀 있었다. 영애는 검은 상복을 입고 남편 재석의 사진 앞에서 눈물범벅이 되어 있었다. 주위에는 지한의 동료인 제니, 진국, 팀장 등의 사진이 함께 놓여 있었다.

"스토리가 어떻게 이러냐… 이건 정말 너무했잖아."

지한은 멍하니 사진을 바라보며 실소를 터뜨리더니 망연자실한 표정으로 고개를 숙였다. 그의 표정은 웃고 있는 듯도, 울고 있는 듯도 보였다.

"지한아, 괜찮니…? 너 정말 괜찮은 거니…?"

영애가 울어서 붉어진 얼굴로 아들에게 물었다.

"전… 괜찮네요…."

지한은 무표정으로 대답했다.

"엄마는 네가 충격 때문인지 좀 낯설고, 이상해진 것 같아… 걱정이다"

영애가 지한의 손을 잡으며 부드럽게 말했다. 하지만 지한은 무의식적으로 그 손을 뿌리쳤다.

"하아…. 저기요."

영애는 순간 잘못 들었겠거니 하고 지한을 다시 바라보았다. 그가 이어서 중얼거렸다.

"그래요. 내 진짜 아버지가 아니니까…."

"뭐…라고…?"

"진짜 아버지였다면, 저도 마음이 찢어지듯 아팠겠죠."

지한의 차가운 목소리에 영애는 기가 찼다.

"너 지금…!"

말문이 막힌 영애에게 지한이 귓가에 대고 속삭이듯 말했다. 이런 전개에 버그든 뭐든 아무래도 상관없었다.

"상처가 될지도 모르겠지만, 이건 프로그램 안이에요. 전부 프로그램이라구요."

"뭐, 이 녀석아?"

영애는 더 이상 참지 못하고 아들을 확 밀쳐냈다. 머리가 지끈거려서 지한은 관자놀이를 문지르며 이어 말했다.

"당신도… 프로그램의 일부야. 진짜 우리 엄마는 밖에, 진짜 세상에 있다구요."

"너… 너…! 너 이 녀석! 뭐가 어쩌고 어째? 네가 미쳐도 단단히 미친 게지!"

영애가 지한의 멱살을 잡았다가 이내 가슴팍을 팍팍 쳐대자, 주변 사람들이 조금씩 흘긋거리기 시작했다. 그러자 지한이 영애를 사람들의 시선이 닿지 않는 곳으로 데려갔다. 그는 차라리 지금 실험이 중단되기를 바랐다.

"정재석 씨 죽음이 그렇게 아픈가요? 그게 그렇게 당신을 아프게 했나요? 그래요, 원한다면 내가 밖으로 가서 되돌려놓을게요."

주변을 의식하며 최대한 조용하게 얘기하는 지한을 보

며, 영애는 뜨악해서 할 말을 잃어버렸다.

"돌아가면 제가 바꿀 수 있어요. 이쪽 세계를 멈추지 않고 가동해서 제가 할 수 있는 한⋯."

그는 꿀꺽 침을 한 번 삼키고 말을 이었다. 영애는 지금 상황을 여전히 믿을 수 없었다.

"최선을 다해 유지하도록 할게요! 그러니까 제발 그만! 저한테 아픔을 강요하시지도 말고, 채영애 씨도 이제 그만 아파하시라구요!"

영애는 더 이상 참을 수 없었다. 그녀는 짝 소리 나게 지한의 뺨을 갈겼다. 장례식장에 어울리지 않는 커다란 소리가 울려 퍼지자, 조문 온 주변 사람들이 웅성거리기 시작했다.

"이제 제발 그만 좀 하시라구요! 네?"

머리가 더 지끈거려 벽을 잡은 지한이 얼얼한 뺨을 잡고 소리쳤다. 그러자 영애가 흥분해 지한에게 달려들었고, 주변 사람들이 그녀를 붙잡으며 말렸다. 영애에게서 떨어진 지한은 벽에 등을 기댄 채 숨을 몰아쉬었다.

"이게 다 끝나고 나면, 진짜 세상에 가서 뭘 할 수 있을지 고민해볼 거야…"

지한은 그렇게 중얼거리며, 이곳에서의 모든 것이 가짜라는 사실을 되새겼다.

2 - 10

납골당의 차가운 공기 속에서, 영애는 '故 정재석'이라는 이름이 새겨진 분골함 앞에 무릎을 꿇고 말았다. 항아리 옆에는 가족사진과 함께 코코의 사진이 놓여 있었다. 영애는 손수건으로 눈물을 훔치며 그리움에 잠겼다. 그 모습을 지켜보던 지한은 묵념하며 깊은 한숨을 내쉬었다. 이후, 두 사람은 검은 상복을 입은 채 조용한 휴게실에서 보험사 직원의 설명을 들었다. 영애는 참담한 마음으로 떨리는 손을 다른 손으로 잡아가며 서류를 작성했다.

시간이 흐르고, 집 안방에 앓아누운 영애의 모습과 대조적으로 거실 책장을 정리하는 지한의 모습은 유유자적해 보였다. 영애가 시계 알람 소리를 듣고 겨우 일어나 약 봉투를 찾아 물과 함께 약을 삼켰다.

"나라도 정신 차려야지! 저 녀석은 아무래도 충격 때문에 이상해진 것 같으니⋯."

영애는 혼자 다짐하며 거울을 바라보았다. 그때 지한은 신발장에서 나갈 준비를 하고 있었다. 운동화 끈을 매는 그의 모습은 평온해 보였지만, 영애의 마음속에는 불안이 가득 차올랐다.

"어디 가니?"

지한은 아무 말 없이 운동화 끈을 조였다. 그 모습에 영애는 다시 한번 걱정스러운 마음이 치밀어 올랐다.

"지한아⋯. 병원 한번 가보는 게 어떻겠니. 엄마는 정말 네가⋯."

말을 마치기도 전에, 그녀가 갑자기 쓰러졌다. 쿵! 소리에 지한이 놀라서 멈칫하고 뒤를 돌아보았다.

"엄마!"

지한은 재빨리 달려가 그녀를 부축했다. 영애는 얼굴이

창백하고, 숨이 가빠 보였다.

"괜찮으세요?"

지한은 두려운 목소리로 물었다.

"괜찮아…. 그냥 조금 피곤했어."

영애가 힘겹게 말했다. 하지만 지한은 알았다. 그녀의 말이 진실이 아님을.

"병원에 가야 할 것 같아요!"

지한은 결연한 목소리로 말했다.

"아니야! 걱정시키고 싶지 않아."

그녀는 애써 미소 지으며 지한의 손을 잡았다. 하지만 이내 정신을 잃고 말았다.

2 - 11

지한은 의식 없는 영애의 곁을 지키고 있었다. 병실의 갑
갑한 공기를 느낀 그는 한숨을 내쉬며 일어섰다. 일어나며,
그의 손이 영애의 손을 스치자 그녀의 손끝이 미세하게 움
직였다. 지한은 순간적으로 가슴이 뛰었다.

"엄마!"

그는 자신도 모르게 외치고는 조심스럽게 다시 보호자
석에 앉았다. 영애가 천천히 눈을 뜨기 시작했다. 그러나
그 시선은 허공을 응시하고 있었다. 그녀의 눈은 아무것도
남지 않은 듯 공허하고 멍한 상태였다. 지한의 마음속에서
불안감이 스멀스멀 올라왔다.

잠시 후, 지한은 진료실에서 의사의 설명을 들었다. 의사가 MRI 사진과 차트를 가리키며 설명을 시작했다.

"유감입니다만, 어머니께서는 알츠하이머, 즉 치매를 앓고 계십니다."

의사는 심각한 표정으로 말했다.

지한은 집으로 돌아왔지만, 영애의 상태는 점점 더 악화되었다. 가끔씩 아이처럼 어리광을 부리기도 했고, 집 안을 엉망으로 만들어놓기도 했다. 지한은 그녀를 혼자 감당하기 어려운 상황에 이르렀고, 결국 도우미 아주머니에게 어머니를 부탁하기로 했다.

하루는 부엌에서 식사 준비를 하는 도우미 아주머니에게 영애가 수줍은 듯 다가와 말했다.

"엄마, 나 똥 쌌어."

"정말이에요? 에구, 얼마나 됐죠? 잠깐만 기다려보세요. 이것만 끄고…."

도우미 아주머니는 당황한 얼굴로 말했다. 그러나 그 순간, 갑자기 영애가 도우미 아주머니 머리채를 잡고는 놓지 않았다.

"아앗! 이거 놔요!"

도우미 아주머니가 당황해서 소리를 질렀다.

"누군데 남의 집에 들어와서 버젓이 요리를 해! 엉?"

마침 지한이 집에 돌아와 그 광경을 보았다.

"엄마, 그만해! 아줌마가 도와주시는 거야!"

그는 뛰어들어와 둘을 떼어놓았다. 도우미 아주머니는 이미 이런 상황을 여러 번 겪었고, 그녀의 인내심도 한계에 다다랐다. 지한에게 고개를 절레절레 흔들며 손사래를 치고 돌아간 도우미 아주머니가 벌써 여럿이었다.

"제발, 부탁이야!"

지한이 긴장된 목소리로 말했다.

"아줌마는 도와주러 오신 거야."

지한은 영애의 손을 부드럽게 감싸쥐었다. 하지만 영애는 여전히 당황한 표정으로 도우미 아주머니를 바라보았다.

"왜 다들 내 엄마를 괴롭혀?"

영애의 목소리가 점점 커졌다. 지한은 괴로움이 가득 차올랐다. 그는 영애를 안아주며 다독였다.

"엄마, 나도 힘들어. 같이 이겨내자."

영애는 순간적으로 잠잠해졌다. 그녀의 표정을 보니 잠시나마 혼란이 사라진 듯했다. 하지만 평화는 오래가지 않았다. 또 영애의 눈빛이 멍해졌다. 과거의 기억을 잃어버린 것처럼 보였다. 지한은 이제 어떻게 해야 할지 고민했다. 이런 상황이 계속되면 안 된다는 것을 알았다. 정신적 고통에 못 이겨 모든 걸 벗어던지고 포기해버리고 싶은 마음 또한 간절했다. 이대로 두고 멀리 도망가버리고 싶다는 생각도 들었지만, 차마 그럴 수는 없었기에 그는 새로운 방법을 찾아야 했다.

2 - 12

영애의 손을 꼭 잡은 지한은 그녀와 함께 한적한 버스터미널에 서 있었다. 가을의 차가운 바람이 살짝 불어와 둘 사이를 스쳐 지나갔다. 버스 출발 시간이 다가오고 있었다. 지한은 발권기에서 표를 끊으며 뒤에 서 있는 영애를 힐끔 돌아보았다. 아이처럼 해맑게 웃고 있는 영애의 얼굴을 보자, 가슴이 무겁게 내려앉았다.

"우리 어디 가는 거야?"

영애가 눈을 반짝이며 물었다. 지한은 답을 망설였다. 복잡한 감정이 그를 잠식했다. 그녀에게는 이 여행이 하나의 소풍처럼 보일지 몰랐다. 하지만 그에게는, 이 여행이 무엇보다 중요한 결정을 의미했다.

"어디 갈 데가 있어서요…. 가보면 아실 거예요."

지한은 애써 미소를 지어 보였지만, 그 속에 감춰진 마음은 어둡고 복잡했다.

"소풍 가는 거야? 와아, 신난다!"

영애는 마치 세상 모든 것이 신기하고 즐거운 듯, 두 손을 모으고 환호성을 질렀다. 지한은 마음이 아려왔다. 그는 잠시 고개를 돌려 버스가 들어오는 방향을 바라보았다. 버스는 조용히 터미널로 들어오고 있었다. 마치 이 상황을 알고 있다는 듯, 거대한 차체가 무겁고도 천천히 다가왔다. 이윽고 둘은 버스에 올라 나란히 자리에 앉았다. 영애는 창밖을 내다보며 기대에 찬 표정을 지었다. 지한은 옆에 앉은 그녀를 잠시 응시했다. 아무것도 모르는 영애는 그저 천진난만하게 밝은 미소를 띠고 있었다. 잠시 후, 지한은 배낭에서 곶감과 몇 가지 간식거리를 꺼내 영애에게 건넸다.

"우와, 곶감이다! 나 이거 진짜 좋아해."

영애는 아이처럼 기뻐하며 손을 뻗어 곶감을 집었다.

"맛있다! 너도 먹어봐."

지한은 영애가 건네는 곶감을 떨리는 손으로 받아 들었다. 달콤한 맛이 입안에 퍼졌지만, 그리 달게 느껴지지 않았다. 그의 마음속에는 이 달콤함 뒤에 따라올 씁쓸함이 이미 자리 잡고 있었다. 설렘에 찬 그녀가 웃을 때마다, 지한의 마음은 한없이 무거워졌다. 이 버스가 어디로 향하는지 영애는 모르고 있었다. 그 끝에 무엇이 기다리고 있을지, 오직 지한만이 알고 있었다.

2 - 13

지한은 살짝 언덕진 길 위에서 자전거 페달을 밟았다. 그의 등에는 영애가 가볍게 몸을 맡기고 있었다. 따스한 햇살이 두 사람을 감쌌고, 자전거 바퀴는 천천히 오래된 길을 따라 굴러갔다.

"기억나세요? 여기, 엄마가 어린 시절 추억이 많은 곳이라고 저희 어릴 때 데려오셨던 곳이에요."

영애의 목소리가 그의 등 뒤에서 들려왔다.

"기억나지, 그때도 이렇게 나무들이 우거져 있었지."

그 소리는 바람결에 실려 와 지한의 마음을 휘감았다. 그리고 그의 가슴속 깊은 곳을 두드리며 잊고 지냈던 추억의 문을 열었다. 지한은 조용히 미소를 지으며 눈물을 삼켰다. 그녀의 목소리는 작았지만, 그 안에는 많은 감정이 얽혀 있었다. 아무리 가상 세계라 해도 그에게 엄마라는 존재는 특별할 수밖에 없었다.

"저 나무 엄청 크다!"

지한이 돌아보자, 영애가 손가락으로 한 나무를 가리키며 환하게 웃었다. 그녀의 얼굴에는 해사한 미소가 가득했고, 그 미소는 옛날 진심으로 행복했던 그녀와 가족들을 떠올리게 했다. 형이 죽고 10여 년 동안 엄마 얼굴에는 항상 그늘이 있었다. 그는 알고 있었다. 모든 것이 변했다는 사실을. 그의 눈빛이 아련해졌다. 영애는 그저 어린 시절을 떠올리며 행복해하고 있었지만, 그 행복 뒤에 숨어 있는 어둠을 그녀는 전혀 모르고 있었다. 그가 짊어지고 있는 무거운 짐도, 이 여행이 어떤 의미를 담고 있는지도 알지 못했다.

자전거 바퀴는 끊임없이 돌았지만, 지한의 마음속에서는 시간이 멈춘 듯 감정이 오래도록 소용돌이치고 있었다.

이 길은 그와 영애에게 특별한 의미가 있었다. 이곳에서 보냈던 추억들은 소중했지만, 이제는 영애가 그 추억들을 지켜나갈 수 없다는 사실이 지한을 아프게 했다. 잠시 후, 지한은 자전거를 멈추고 깊은 숨을 내쉬었다. 뒤를 돌아본 그는 눈부신 햇살 속에서 여전히 미소 짓고 있는 영애를 바라보았다. 그 미소는 그에게 너무도 소중했지만, 곧 사라질 것을 알고 있었다.

"엄마…."

지한은 말없이 그녀의 손을 잡았다. 그녀의 따스한 손길이 순간적으로 위안이 되었지만, 동시에 그의 마음을 더욱 아프게 했다.

2 - 14

요양원 방 안은 고요했다. 옆에 있는 책상 위엔 커다란 짐 가방이 올라와 있었고, 그 옆 침대 끝에 앉아 있는 영애는 어딘가 시무룩하고 침울한 표정이었다. 종전의 밝은 모습은 온데간데없이 사라졌고, 그 자리에 있는 것은 낯설고 불안한 침묵이었다. 영애는 손끝을 만지작거리며 말없이 창밖을 바라보았다.

지한은 방 한쪽에서 짐을 정리하며, 자신도 모르게 깊은 한숨을 내쉬었다. 그의 마음속에선 끊임없는 갈등이 일고 있었다. 이 결정이 옳은 걸까? 요양원에 모시는 것이 정말 최선일까? 그러나 이 결정을 번복하기엔 이미 너무 늦어버린 것 같았다.

"잘 부탁드립니다."

지한이 먹먹한 마음을 겨우 누르며 직원에게 말을 건넸다. 직원은 밝은 미소를 지으며 대답했다.

"걱정하지 마세요. 무슨 일 있으면 바로 연락드릴게요."

지한은 고개를 끄덕였지만, 그는 여전히 마음이 놓이지 않았다. 가공인물이라고만 생각하려 했지만, 실제로 어머니를 떠나보내는 기분이 들어 가슴이 아팠다. 그동안 매일같이 함께했던 시간이 이제 더욱더 멀어져갈 것을 알기에, 발걸음이 떨어지지 않았다. 요양원의 문을 나서면서 지한은 차마 뒤를 돌아보지 못했다. 그러나 문을 나서기 직전, 결국 걸음을 멈추고 천천히 고개를 돌렸다. 창문 너머로 어머니의 모습을 볼 수 있다면, 다시 한번 보고 싶었다. 눈에, 머리에, 마음에 담고 싶었다.

그곳에 서 있는 영애의 뒷모습은 그 어느 때보다도 쓸쓸해 보였다. 그녀는 작은 어깨를 가만히 떨고 있었다. 그 모습에 마음이 아릿하게 저려왔다. 창을 등지고 뒷모습을 보이며 서 있던 그녀는 지한의 눈길을 느낀 것인지, 창문 너머 바깥을 바라보기 시작했다. 아이를 남겨두고 떠나는 부모의 마음이 이런 것일까? 지한은 입술을 깨물며 그 자리에 서 있었다. 영애도 창밖의 아들을 보고 있었다. 그녀의 가슴에 깊은 외로움이 스며들었다. 차마 소리 내지 못한 채, 그녀는 가만히 창가에 서서 지한이 사라지는 모습을 지켜봤다. 아들의 모습을 눈으로 담으며, 조용히 속삭였다.

'잘 가라…. 내 아들.'

지한은 손끝이 떨리는 걸 억지로 참으며 천천히 돌아섰다. 더는 뒤를 돌아볼 수 없었다. 한 걸음, 한 걸음, 요양원의 문을 나서는 그의 마음속엔 어머니의 쓸쓸한 뒷모습이 남아 있었다.

2 - 15

끔뻑끔뻑 졸고 있는 강아지 코코의 부드러운 숨소리가 방 안의 고요함을 더욱 깊게 만들었다. 지한은 책상에 앉아 공책에 무언가를 끄적이며 집중하고 있었다. 숫자들이 그의 손끝에서 빠르게 쏟아져 나왔고, 그는 잠시 펜을 멈추더니 옆에 놓인 플라스틱 칠판으로 향했다. 보드 마커를 집어 날짜 계산 결과를 칠판에 적었다.

"1만 시간의 법칙…."

지한은 낮은 목소리로 혼잣말을 시작했다.

"어떤 분야든 나름대로의 경지에 이르기 위해선 최소한 1만 시간이 필요하다고 했지. 그 시간을 투자해야 한다. 나에겐 24만 시간이 있으니…."

칠판을 바라보며 잠시 생각에 잠긴 그는 다시 책상으로 돌아와 의자에 몸을 깊숙이 기댔다. 한 손에는 진국이 건네준 USB가 들려 있었다. 그는 그것을 손가락으로 돌리며 생각을 정리하려 애썼다.

'이 세계에서 내게 주어진 건 시간…. 시간뿐이다. 이쪽 시간에서 내가 활용할 수 있는 시간은 30여 년…. 꽤 긴 시간인데, 그동안 난 무엇을 할 수 있을까. 아니, 무엇을 해야 하지?'

지한의 시선이 책상 위의 서류 뭉치로 옮겨 갔다. 그중 하나는 아버지 재석의 사망보험 관련 서류였다. 그는 서류를 들어 올리며 깊은 한숨을 내쉬었다.

"하아, 참…. 이건 다시 생각해도 너무하잖아. 어떻게 이런 식으로…."

혼잣말을 하다 불현듯 뭔가를 떠올린 지한은 폰뱅킹으로 자신의 계좌를 확인해봤다. 몇 초 뒤, 그의 얼굴에 놀라움과 기쁨이 교차했다.

"와, 대박!"

그는 소리쳤다. 예전에 입금된 거액이 그대로 남아 있었던 것이다. 실험 참가 조건으로 미리 선불을 요구했던 것이 다행히 이쪽 세계에 적용되어 예상치 못한 수확을 거두었다. 이것마저 반영될 줄이야! 지한은 이어서 자신이 가진 총금액을 계산했고, 이내 흡족한 표정을 지었다. 곧바로 그는 자신의 'To do list'를 작성하기 시작했다. 첫 번째 목표는 진국이 건네준 USB를 확인하는 것이었다. 첫날부터 이어진 연쇄적인 사건들로 인해, 그는 그동안 USB를 열어볼 겨를조차 없었다. 그 안에 진국이 말한 '실험'에 대해 결정적인 단서가 있을지도 모른다는 생각이 머릿속을 떠나지 않았지만, 정신없는 날들이 연속된 탓이었다. 오늘에서야 겨우 마음을 가라앉히고 진실을 확인할 준비가 되었다. 지한은 오래된 노트북을 열고 USB를 조심스럽게 연결했다. 손끝이 미세하게 떨렸다. 화면에 파일 탐색기가 뜨고, 진국의 이름이 적힌 폴더가 눈에 들어왔다. 그 순간, 그의 마음속에 묘한 긴장감이 일었다. 이 안에 무엇이 들어 있을까?

지한은 떠나오던 날을 떠올렸다. 진국의 표정은 언제나 의미심장했지만, 그때만은 유독 묘한 느낌이 있었다. 마치 중요한 비밀이라도 알려줄 것처럼. 지한이 심호흡을 한 번 하고, 마우스를 클릭하려던 그때, 갑자기 휴대폰이 울렸다.

"뭐지…?"

집중이 깨진 그는 고개를 돌려 휴대폰을 바라보았다. 화면에 뜬 이름을 본 그는 심장이 잠시 멎는 것 같았다. 그 이름이 눈에 들어오자마자 가슴속 깊은 곳에서 잊고 있었던 기억들이 떠올랐다.

내 사랑 윤희

휴대폰 화면에 선명하게 찍힌 이름.

'윤희…? 와아…. 번호도 같네. 이거 정말 헷갈리겠네! 정말 윤희와 비슷할까?'

지한은 혼란스러웠다.

'그런데 왜 지금이지?'

USB에 집중해야 할 이 순간에, 왜 하필 그녀의 전화일까? 윤희의 목소리를 듣는 것이 오랜만이라서일까, 묘한 떨림이 일었다. 손가락은 머뭇거리며 휴대폰 화면 위를 맴돌았다. 받을까, 말까. 수많은 생각들이 스쳐 지나갔다. 가상 세계의 윤희가 지금 나에게 뭘 원할까? 고민 끝에 결국, 지한은 손끝을 움직였다. 그는 깊은 숨을 내쉬며 통화 버튼을 눌렀다.

"여보세요?"

잠시의 침묵 뒤, 그를 반기는 익숙한 목소리가 들려왔다.

"나야. 윤희!"

2 - 16

고즈넉한 카페, 따뜻한 차 두 잔이 테이블 위에 놓였다. 지한은 건너편에 앉은 윤희를 넋 놓고 바라보았다. 그를 바라보는 윤희의 눈빛은 걱정으로 가득했다.

"오빠…. 연구소 폭발 사고랑 아버님 이야기 들었어. 오빠가 충격이 컸겠다…."

윤희는 조심스럽게 말을 꺼냈다. 그녀의 목소리에는 진심이 담겨 있었다. 지한은 아무 말 없이 고개를 숙였다. 그러자 윤희는 당황한 듯 입술을 깨물었다가 말을 이었다.

"너무 연락이 안 돼서 걱정돼서 왔어."

"…."

지한은 여전히 침묵했다. 그 모습에 윤희는 무언가 불안한 기분이 드는 듯했다.

"오빠가… 큰일 겪어서 그런지… 낯설게 느껴지네. 많이 힘들었지?"

"아니, 뭐…."

지한은 무심하게 대답했다. 그 대답에 윤희가 한숨을 내쉬며 이야기를 이었다.

"그래서 연락 안 됐던 거지? 걱정돼서 와봤어…."

"…현실 세계에서의 나는 너를 정말 좋아했었지."

윤희는 순간적으로 얼어붙었다.

"응? 뭐라고? 미안, 오빠…. 내가 잘못 들었나 봐. 다시 한번 말해줄래?"

"흠…. 너한테는 어쩔 수 없네. 너를 납득시키려면 얘기해줄 수밖에 없을 것 같다. 윤희야, 너는 내가 아는 윤희가 아니야. 내가 아는 윤희는 현실 세계에 있어."

"현실 세계…라니? 오빠, 오늘 분위기도 그렇고, 뭔가 좀 이상해."

윤희의 목소리가 떨렸다. '가짜 세계'니 '진짜 세계'니 하는 말은 윤희에게 생경한 것이었다. 하지만 그 말을 몇 번이나 고민하고 곱씹고 삼킨 지한에게는 익숙한 것이었다. 그의 머릿속에서는 이미 오래전에 확정된 진실이었다.

"자세한 이야기는 할 수 없지만, 난 이 가상 세계에서 널 만날 순 없어. 진짜 사랑하는 윤희를 두고… 가짜 사랑을 할 수는 없지. 네가 상처받지 않았으면 좋겠어. 이 세계에서 나는 너를 진심으로 사랑할 수 없으니, 여기서 너를 정말로 사랑해주는 사람을 만났으면 해."

지한의 목소리는 단호했지만, 그 속에는 슬픔이 서려 있었다.

"도대체 무슨 소릴 하는 거야…."

"너한테는 미안하다…."

"오빠… 지금 장난치는 거지? 대체 왜 이래…."

윤희의 눈에 고여 있던 눈물이 얼굴을 타고 흘렀다.

"지난번에 나랑 한 약속 잊은 거 아니지? 설마 그거 때문이야? 막상 결혼하려고 하니 부담스러운 거야?"

"그래서가 아니야. 말 못 할 사정이 있어…."

"지금 오빠 좀 봐. 이상하잖아. 불과 얼마 전까지 결혼하자던 사람이…."

윤희는 애써 웃으며 말했다. 하지만 그 웃음은 점점 힘이 빠져갔다.

"우리 사랑한 거 아니었어? 오빠… 제발 정신 좀 차려! 나 무서워지려고 해!"

"너는… 내가 아는 윤희와 정말 똑같구나…."

"뭐…? 오빠 설마…."

윤희는 갑자기 무언가 생각이 난 듯 휴대폰을 꺼내 지한에게 보여주었다. 지한은 그 화면을 보고 놀랐다.

사랑하는 윤희야. 연구소에서 가상현실 실험에 피험자로 참여하게 되었어…. 중대한 프로젝트라 급작스럽게 참가하게 되어서 혹시 전화를 못 하게 될까 봐 너에게 이렇게 메시지를 보낸다. 여기서는 불과 하루밖에 안 되는 시간이지만, 그곳의 시간은 이곳과 달라. 나에게는 긴 여행이 될 듯해. 가기 전

에 너를 꼭 보고 다녀오고 싶은데, 그러지 못하는 게 너무 안타
깝다. 그럼 윤희야, 내가 하루 이틀 동안 연락이 되지 않더라도
너무 걱정하지 말고 좋은 하루 보내고 있길 바라.♡

　지한은 침착하려 했지만, 마음속에서는 혼란이 일었다.
　"아, 이건… 상호작용 프로세스 때문에 내 데이터가 가
상현실에 적용된 거야! 설마 이것까지 반영되었을 줄이야."
　"이거 오빠가 보낸 거 맞지? 이게 현실이야, 오빠! 이거
보내고 나한테 전화도 했잖아!"
　"내가 보낸 건 맞지만, 넌… 이해할 수 없을 거야."
　"도대체 무슨 소리인지…."
　윤희는 고개를 저었다.
　"그럼 내가 어떻게 해야 해? 이렇게 함께 있는 게 다 가
짜라는 거야?"
　윤희의 눈에 다시금 눈물이 맺혔다. 그들의 사랑이 진짜
임을 증명이라도 하고자 하는 듯, 쉴 새 없이 흐르고 있었
다. 지한은 윤희에게 다가가 그녀의 손을 잡았다.

"우리는 언젠가 다시 만날 거야. 이곳을 떠나 진짜 세계에서."

윤희는 그 말을 믿고 싶었지만, 가슴 깊이 자리 잡은 불안이 그녀를 움켜잡았다.

"오빠, 제발 이상한 소리 좀 그만해. 조만간 다시 만나자."

지한은 고개를 저었다.

"그럴 수 없으니까. 너를 사랑하는 건 변함없지만, 이곳의 나는 진짜가 아니야."

윤희는 지한의 눈을 바라보며 심장이 쥐어짜지는 듯한 감정을 느꼈다.

"오빠, 제발…."

그녀의 목소리는 조용한 절망으로 변해갔다.

"오늘은 우리 이만 얘기하자. 오빠 후회하지 않게 나 오늘 얘기 못 들은 걸로 할게."

윤희는 애써 씩씩하게 눈물을 닦고, 주섬주섬 휴대폰과 가방을 챙겼다.

"너 윤희랑 정말 닮았어. 모든 면에서."

그녀가 카페에서 나가려고 할 때, 지한이 담담히 말했다.

"차라리 헤어지고 싶어서 그런 거라면, 그냥 사실대로 말해! 제발 정신 좀 차리고 말하라구!"

윤희는 컵에 남아 있던 물을 지한에게 뿌렸고, 곧바로 후회했다.

"미안…. 하아… 안 되겠다. 나 오늘은 이만 일어날게. 우리 당분간 생각할 시간 좀 가지자."

윤희가 카페를 나서는 모습을 보며 지한은 덤덤히 앉아 있었지만, 마음 한구석이 찌릿하게 아파오는 것까지는 어쩔 수 없었다. 이 가상 세계의 모든 것이 진짜 같았는데, 그는 현실과 가상 사이에서 갈팡질팡하고 있었다. 과연 사랑이란 무엇인지, 그를 감싸고 있는 이 불확실한 감정 속에서 그는 진정으로 무엇을 선택할지 고민해야 했다.

지한은 코코와의 산책을 마치고 집 앞 우편함에서 윤희의 편지를 발견했을 때, 감정을 억누르려 애썼지만 가슴이 뛰는 걸 어쩔 수 없었다. 방으로 돌아온 그는 책상에 앉아 편지를 펼쳤다. 윤희의 손 글씨는 따뜻함으로 가득 차 있었다.

오빠… 잘 지내? 그날 이후 오빠 말을 이해해보려 했는데 도저히 안 되더라…. 미안해. 나도 미안해. 나 다음 달에 캐나다에 가게 됐어. 워킹홀리데이 신청했는데 거의 바로 된 거 있지. 되기 힘든데. 감사한 일이지. 갈 준비 하느라 바쁜 와중에도 문득 문득 오빠 생각이 나. 지금이라도 오빠가 함께하자고 연락해주면, 내가 세운 계획을 수정할 수도 있지만… 그런 일은 아마 없겠지…? 편지니까 얘기지만, 나 우리가 카페에서 봤던 그때 정말 무섭고 낯설었다? 그래도 떠나기 전이라 그런지 추억들이 자꾸 새록새록 떠올라. 소중한 시간, 소중한 추억을 공유한 두 사람으로, 우리 나중에 만나게 되더라도 웃으며 만나자. 오빠, 그럼 건강하게 잘 지내길 바라. 다시 보는 날까지 정말 안녕.

　　-추신. 아래에 캐나다 거주지 주소 적어놓을게. 혹시라도 마음이 바뀌면 언제든지 편지해. 연락 꼭… 기다릴게!

　　지한은 얼굴을 편지에 파묻고 깊은 한숨을 내쉬었다. 그의 마음속에서 감정이 소용돌이쳤다. 윤희의 말이 진실인지 아닌지, 그녀가 정말 자신의 연락을 기다리고 있을지, 그런 생각이 그의 머릿속을 스쳤다. 그러나 그는 고개를 저었다.

　　"이미 끝난 이야기야."

　　그는 혼잣말을 하며 자신을 다독였다.

　　하지만 윤희의 따뜻한 목소리와 그녀가 보낸 편지의 내

용은 그의 마음을 가득 채우고 있었다. 떠나기 전의 추억⋯ 그 소중한 시간들. 윤희의 목소리, 함께했던 순간들이 스치며 지나갔다. 그 순간, 그의 마음속에 무엇인가가 일렁이기 시작했다. 마음 한쪽이 아려왔고, 불편했다. 그는 펜을 들어 윤희에게 답장을 쓰기 시작했다. 각 단어가 그의 마음의 소리를 담고 있었다.

나는 너를 잊지 않을 거야.

그의 손끝에서 편지의 내용이 하나씩 완성되어갔다.

우리가 함께했던 순간들을 소중히 여길게. 그리고 만약 다시 만난다면, 그때는 웃으며 이야기할 수 있도록 할게. 나의 진짜 윤희에게.

그는 다 쓴 편지를 봉하고 소중하게 서랍 깊숙이 넣어두었다.

2 - 18

　지한이 컴퓨터에 USB를 꽂아 폴더 하나를 열자, 항목별
로 다양한 카테고리가 펼쳐졌다. 많은 항목 중에 '실험의
비밀'이라든지, '치트키'나 '힌트', '지름길' 같은 항목은 없
었다. 선배의 빗나간 정성에 피식 웃은 그는 내일부터 다른
삶을 살아보겠다고 결심했다.

　지한은 어릴 적부터 형의 그림자 속에서 살아왔다. 형은
자신이 어릴 적 어디에선가 갑자기 사라지고 말았고, 그로
인해 지한의 기억 속에서도 그의 존재는 흐릿했다. 그 이후
로는 그림자마저도 붙잡지 못했다. 형의 존재는 사라졌고,
기억 속의 형은 그림자처럼 검게 물들어갔다. 형의 죽음은

너무나 갑작스럽고 충격적이었다. 어린 나이였던 지한은 그것을 있는 그대로 받아들이기 어려웠다. 어떻게 그의 죽음을 대해야 할지 몰랐다. 지한에게 친형은 그저 자신의 인생 한편에 커다란 공허를 남기고 떠나버린 사람이었다. 살갑고 다정했던 형의 빈자리는 그에게 끝없는 공허함으로 남았다. 그리고 형의 죽음은 그가 유일하게 실제로 맞은 가까운 이의 죽음이었다. 원래 세상으로 가면 아버지와 동료들은 버젓이 살아 있을 것이다. 그는 상처와 트라우마를 극복해내고 싶었다.

지한은 그리 오래 고민하지 않았다. 그는 자신이 하루하루 지내는 이유를 찾으려 애썼다. 그는 다양한 운동과 액티비티를 통해 답답한 현실을 벗어나고자 했다. 수영, 클라이밍, 스쿼시, 스키, 패러글라이딩, 요트 등 다채로운 경험들이 그의 일상이 되었다. 하나뿐이었던 친형의 죽음과 관련이 있어 트라우마를 갖고 있던 패러글라이딩 활강도 현실에서보다는 무딘 마음으로 과감하게 해내었다. 가상현실에서의 상처와 아픔과 외로움을 잠시나마 잊을 수 있었다. 요트에 앉아 일대일 외국어 과외를 받거나, 헬리콥터를 타고 알프스산 정상에 올라 설경을 바라보는 순간들이 그의 삶을 채웠다. 그러다가 멋대로, 마음대로 마치 미래가 없는 사람처럼 흥청망청 소모적인 삶을 살아보기도 했다. 하지만 순간적인 만족감은 오래 지속되지 않았다. 처음에는 흥미를 돋우던 일들도 하나둘 지루하고 부질없으며 허무하다고 느껴지기 시작했다. 즐거움도 결국은 허무하게 느껴졌다. 또 아무리 실험이라고 해도 미래가 없는 사람처럼 흥청망청 살아가는 건 자신의 삶을 갉아먹고 낭비하는 것 같았다.

그는 결국 이 모든 것이 진정한 삶이 아니란 점을 깨달았다. 자유롭고 다채로운 삶도 중요했지만, 그것만으로는 충족되지 않았다. 그는 자신이 진정으로 찾고자 했던 것이 무엇인지 깊이 고민하기 시작했다. 결국, 지한은 삶의 의미를 찾기 위한 새로운 여정을 시작하기로 결심했다.

'내가 진정 원하는 것은 무엇일까?'

소모적인 삶을 살던 지한은 문득 삶의 의미를 되찾고 싶다는 생각이 들었다. 그는 자기 수양의 경험들을 통해서 잃어버린 자신의 정체성을 찾는 여정을 시작하고 싶었다. 그래서 새로운 방향을 찾기 위해 여행을 떠났다. 그는 세계를 돌아다니며 다양한 문화를 경험했고, 새로운 사람들을 만났다. 여러 직업을 가져보기도 하며 자신을 발전시켜 나갔다. 자신의 열정과 재능을 발휘할 수 있는 방법을 찾기 위해 노력했다. 보헤미안처럼 살고, 모델이나 영화배우, DJ, 요리사 등 다양한 삶을 경험했다. 한동안은 그야말로 영화 같은 삶을 살았다.

그러나 어느 순간, 그는 그것 또한 자신의 진정한 삶이 아니라는 것을 깨달았다. 자유롭고 다채로운 삶을 살아가는 것도 자신에게 중요했지만, 그것만으로 마음이 충족되지 않았다. 그렇게 큰 의미가 없다는 것을 깨달았다. 그는 자신이 찾고자 했던 것이 무엇인지를 깊이 생각하고, 그것을 찾아 나섰다.

III. 손에 꽉 쥔 모래

3-1

지한은 깊은 한숨을 내쉬며 편지를 쓰던 만년필을 내려놓았다. 고급스러운 펜트하우스의 창밖으로 펼쳐진 야경이 눈에 들어왔지만, 그에게는 아무런 위안도 되지 않았다. 화려한 삶을 누리며 사람들에게는 성공한 인생을 사는 것처럼 보였지만, 그의 마음속 깊은 곳은 텅 빈 채로 남아 있었다. 그가 진정으로 원했던 것은 이 모든 부와 성공이 아니라, 잃어버린 현실 속 윤희였다.

지한은 책상에 머리를 기댔다. 편지에 담긴 그의 마음은 혼란스럽고 불안했다. 윤희와의 추억은 날마다 희미해져갔고, 가상과 현실의 경계는 점점 모호해졌다. 그는 윤희와 함께했던 시간들이 점점 흐릿해지는 걸 느끼며 괴로워했다. 편지가 윤희에게 닿지 않는다는 걸 알면서도 쓰기를 멈출 수 없었다. 매일같이 편지를 쓰는 것은 행복했던 추억들을 잠시나마 붙잡아 두는 방법이었다.

그는 윤희와의 첫 만남을 떠올렸다. 따뜻했던 그녀의 미소, 부드러운 목소리, 함께 걸었던 거리. 이 가상 세계에서는 그때 느꼈던 감정을 다시 느낄 수 없었다. 모든 것이 완벽하게 꾸며져 있었지만, 그 속에 생명은 없었다. 윤희는 그의 기억 속에만 남아 있었고, 그 기억은 점점 흐릿해지고 있었다.

"보고 싶다, 윤희야…"

그는 혼잣말을 하며 창밖을 바라보았다. 이 세계에 오래 머물수록, 현실의 윤희와의 연결은 끊어져가는 것 같았다.

'내가 정말로 돌아갈 수 있을까? 아니면 이 가상 세계에서 완전히 길을 잃게 될까?'

지한은 다시 펜을 들었다. 편지를 쓰는 행위 자체가 유일한 위안이었다.

윤희야, 내가 진정 사랑하는 윤희야! 이 세계에서 하루하루를 보낼수록 너에 대한 내 감정이 사라져가는 것 같아 두렵다. 희미해져가는 너에 대한 기억을 붙잡기 위해서 비록 너에게 바로 보낼 수 없지만 나는 날마다 편지를 쓴다. 웃기지? 네가 있는 세계에서는 불과 몇 시간도 안 되는 일인데…. 고작 몇 시간 사이에 사람 마음이 이리 무뎌진다는 게…. 내가 돌아가면, 너는 의아해할 수도 있을 거야. 이 편지가 지금 당장 너에게 갈 수 있다면 얼마나 좋을까. 내가 이 무의미한 시간들을 과연 버려낼 수 있을까? 그리고 너를 만날 수 있을까? 점점 자신이 없어져. 보고 싶다, 윤희야.

그가 할 수 있는 일은 하루하루 편지를 써 내려가며, 윤희를 향한 자신의 마음이 완전히 사라지지 않기를 바라는 것뿐이었다. 하지만 점점 그마저도 불확실해지고 있었다.

3 - 2

지한은 캐나다의 한 도서관에서 안경을 낀 채 책을 읽고 있었다.

'가공 세계의 시간은… 나를 갉아먹는 것 같구나. 무뎌지지 말아야지.'

무심히 일어나 나가려는데, 멀찍이서 익숙한 목소리가 들렸다.

"저쪽으로 돌아 나가시면 바로 보일 거예요."

지한은 심장이 한순간 멈춘 듯했다. 도서관의 고요 속에서 윤희의 목소리가 들려왔을 때, 그는 그게 꿈일 것이라고 생각했다. 캐나다의 한적한 도서관에서, 익숙한 그녀의 목소리를 듣는 건 너무나도 갑작스레 찾아온 일이었기 때문이다. 그러면 안 된다 되뇌어도 잡히지 않는 마음에 캐나다에 머물렀지만, 윤희가 알려준 주소와는 꽤 거리가 있었다. 하지만 분명했다. 그 목소리… 분명 윤희였다.

지한이 놀라 쳐다보니, 그곳에는 길을 안내하고 있는 윤희 닮은 이가 있었다. 정말 윤희가 맞나 싶어 다시 봤는데, 그녀가 직원 자리에 앉아 책상 쪽으로 고개를 숙여서 얼굴이 잘 보이지 않았다.

자신도 모르게 그녀에게 다가가 조심스럽게 말을 걸었다. 머릿속이 하얘지며 온갖 생각이 스쳐 갔다.

"저기요…."

그의 목소리는 떨렸고, 그 떨림 속에는 두려움과 기대가 뒤섞여 있었다. 그녀는 여전히 고개를 숙인 채로 서류를 정리하다가, 그의 목소리에 고개를 들었다. 그녀의 얼굴이 눈앞에 드러났을 때, 지한은 숨을 쉴 수 없었다. 윤희는 미소를 짓다 이내 깜짝 놀라 멍하니 그를 바라보았다.

"지한… 오빠?"

그녀의 목소리에는 경악과 동시에 반가움이 섞여 있었다. 둘의 시선이 마주쳤고, 순간 모든 것이 정지된 듯했다. 세상은 그 둘만을 남겨둔 채로 조용해졌고, 오직 그들 사이에만 흐르는 시간이 있었다. 몇 초의 침묵이 영원처럼 느껴졌다. 지한은 천천히 입을 열었다.

"윤희… 네가… 여긴 어떻게….”

그는 아직도 현실감을 느끼지 못한 채 생각했다.

'이런 운명적인 만남도 프로그램의 한 부분인가?'

3 - 3

두 사람은 근처 카페를 찾아 테이블에 음료를 놓고 마주 앉아 있었다.

"그동안 잘 지냈어? 오빠한테 이걸 전해줄 줄이야. 우리가 인연이긴 했나 봐. 마지막으로 연락해볼까 하다 말았는데."

윤희는 탁자에 청첩장을 올리고는 그가 있는 쪽으로 밀어주었다.

"결혼하나 보구나. 좋은 사람 만났니? 축하한다."

그의 말은 진심이었지만, 눈빛이 흔들렸고 그 안에 급히 묻어둔 아쉬움을 숨기지는 못했다.

"응. 여기 와서 힘들 때 알게 된 사람이야. 책임감 있고, 좋은 사람이야."

애써 침착하게 대답하며 방긋 웃는 그녀 모습이, 그녀 뒤편의 밝은 햇살 같았다. 그녀의 웃음은 그가 알던 따뜻한 미소 그대로였지만, 이제는 다른 사람을 향해 있다는 것이 그의 가슴을 답답하게 했다. 그녀의 말이 그의 가슴을 살며시 찌르는 듯 아렸다.

"…그래…. 너한테 좋은 사람 만나라고 말은 했어도 막상 이렇게 현실로 맞닥뜨리니 실감이 안 나는구나."

지한은 본인 이야기에 스스로 모순을 느끼며 실소하고 말았다.

"그래, 오빠. 오빠도 좋은 사람 만날 거야. 그러길 바랄게."

무언가 이상함을 느낀 윤희가 어색한 미소를 지으며 대답했다.

"그 사람 기다릴 거라서, 가봐야겠다!"

윤희가 일어나며 말했다.

"부담은 갖지 말고 혹시 일정이 맞아서 올 수 있으면 와서 축하해줘."

쓸쓸한 미소를 남기고 그녀가 떠났다. 윤희가 떠나고 난 후, 지한은 한참 동안 자리에서 움직이지 못했다. 그동안의 선택과 결정을 되짚으며, 자신이 떠나보낸 시간과 윤희와의 관계를 묵묵히 되새겼다. 머릿속이 복잡했다. 과거, 윤희와 함께한 기억들이 파노라마처럼 지나갔고, 그동안 묻어두고 하지 못한 말들과 아쉬움이 마음 한구석에서 떠오르기 시작했다.

'진짜 세계에서 너를 만나겠다'고 했던 자신의 말들이 이제는 공허하게 느껴졌다. 그녀는 자신의 삶을 찾아 떠났고, 이제 그에게 남은 건 기억 속 흔적뿐이었다. 그는 문득 고개를 들어 주변을 둘러보았다. 세상은 여전히 평온하게 돌아가고 있었다. 밖에는 밝은 햇살이 모든 걸 비추고 있었고, 사람들은 아무렇지 않게 일상을 보내고 있었다. 하지만 그에게 오늘의 만남은 하나의 이정표처럼 느껴졌다. 더 이상 생각 속에 머물러 있지 않아야 했다.

하지만 '어쩔 수 없다'는 결론이었다. 지한은 천천히 일어나 청첩장을 주머니에 넣고 카페 문을 나섰다. 발걸음은 무거웠지만, 그 안에는 어딘가 새로이 다가올 시간을 향한 결심도 담겨 있었다. 윤희를 보내야 할 시간이 온 것이었다. 그리고 이제는, 자신도 새로운 길을 찾아야 했다.

3 - 4

　결혼식장의 화사한 풍경 속에서 윤희는 하얀 드레스를 입고 빛났다. 그녀가 부케를 던질 때, 그녀 얼굴에는 행복이 가득했다. 사람들은 환호했고, 그 순간은 모든 이들의 축복으로 물들었다. 하지만 그 장면을 지켜보는 지한의 표정은 어딘가 쓸쓸하고 고통스러웠다. 윤희는 정말 예뻤다. 그녀의 행복한 모습은 마치 그림처럼 완벽했다.

　'예쁘네…. 나중에 현실로 돌아가면 우리에게도 언젠가 저렇게 좋은 날이 오겠지.'

　지한은 그렇게 생각했지만 한편으로는 그것이 자신에게 남겨진 희망일지, 아니면 더 이상 오지 않을 꿈일지 혼란스러웠다. 윤희의 행복한 모습을 보면서, 그는 그 행복이 자신과 무관하다는 사실을 받아들이기 어려웠다.

그는 조용히 뒤돌아 벤치에 앉았다. 눈앞에 펼쳐진 언덕을 바라보는 그의 마음은 더욱 깊은 외로움으로 가라앉았다. 윤희를 떠나보내야 한다는 걸 알고 있었지만, 마음속 어딘가에는 여전히 그녀가 자신 곁에 있어야 한다는 염원이 남아 있었다. 그러다 억누를 수 없는 감정에 눈물이 흐르기 시작했고, 곧 오열로 이어졌다.

그녀의 행복을 빌어주고 싶은 마음이 들면서도, 그 행복에 속하지 못하는 자신의 현실이 그를 고통스럽게 찔렀다.

문득 피로연 장소에서 소란스러운 소리가 들렸다. 신혼여행을 떠날 웨딩 카가 준비되고 있었고, 윤희와 신랑이 차에 오르기 전 마지막 인사를 나누고 있었다. 사람들이 박수를 치며 축하하는 동안, 지한은 벤치에 앉아 있던 몸을 벌떡 일으켰다. 차가 출발하려고 하자, 그는 갑자기 제정신을 잃은 듯 웨딩 카를 향해 전속력으로 달리기 시작했다.

"안 돼! 윤희 너를 이렇게 보낼 수 없어!"

그는 절박하게 외치며 웨딩 카를 따라갔다. 차가 점점 멀어지면서 그의 목소리는 허공으로 흩어졌고, 발걸음은 점점 느려졌다. 차가 완전히 사라질 때까지 그는 계속 달렸다. 하지만 끝끝내 멀어져가는 웨딩 카를 붙잡을 수 없었다.

차가 사라진 뒤, 지한은 그 자리에 멈춰 섰다. 그의 숨은 거칠었고, 눈앞은 흐릿해졌다. 그는 윤희를 보내야 한다는 것을 알고 있었지만, 그 순간만큼은 도저히 현실을 받아들일 수 없었다. 그녀가 여전히 자신의 곁에 있어야 한다고, 이 모든 것이 잘못된 일이라고 외치고 싶은 마음이 그를 지배하고 있었다.

지한은 자신의 고급 자택 침대에서 땀에 흠뻑 젖은 채로 깨어났다. 지한은 숨이 가쁘게 오르내리는 채로 침대에 걸터앉았다. 방 안은 어둠에 잠겨 있었지만, 그의 마음은 윤희에 대한 강렬한 기억으로 불타오르고 있었다. 꿈속에서 본 윤희의 결혼식, 부케를 던지는 그녀의 환한 웃음, 그리고 자신이 웨딩 카를 향해 필사적으로 달려가는 장면이 너무도 생생하게 남아 있었다.

　꿈이었지만, 그 꿈은 그가 아직도 만날 수 없는 윤희를 그리워한다는 사실을 깨닫게 했다. 그러나 그 사실을 받아들이기엔 너무 힘들었다. 그가 느끼는 공허함은 깊고도 컸으며, 윤희를 볼 수 없다는 상실감은 그를 미치게 만들었다. 잠시 멍하니 앉아 있던 지한은 더 이상 참을 수 없다는 듯, 핸드폰을 들었다.

　'윤희에게 다시 연락해야 해…. 어떻게든 찾아서….'

　그는 자신의 마음속에서 들끓는 감정들을 진정시키려 애썼지만, 집념은 그의 의지와는 상관없이 거세게 솟아올랐다.

　얼마나 시간이 흘렀을까. 지한은 거실로 나와 차가운 물을 한 컵 마셨다. 그의 고급 자택은 모든 것을 갖춘 듯 보였지만, 그 안에 있는 지한은 자신이 진정 원하는 것을 잃어버린 채 방황하고 있었다. 이곳 가상 세계에서는 윤희가 이미 그의 곁을 떠났고, 그 사실을 수없이 되새기며 자신을 설득하려 했지만, 결국 그는 마음을 다스리지 못했다.

결국 지한은 윤희에게 받았던 편지를 찾기 시작했다. 그리고 머릿속으로 무수한 가능성을 떠올렸다.

"만약… 내가 연락을 한다면?"

그 생각이 그의 마음을 흔들었다. 지한은 결심했다.

"진짜 세계와 가상 세계의 경계가 무너질지라도, 이제 내 마음은 변하지 않을 거야."

편지를 우편함에 넣고 돌아서는 길에, 지한은 한 가지를 깨달았다. 윤희를 향한 사랑은 떨어져 옅어진 것이 아니라, 항상 그리움으로 그의 현재에 짙게 남아 있었고, 그 그리움이 그를 앞으로 나아가게 할 것이란 사실을.

결국 지한은 윤희의 행방을 찾아 나서기로 결심했다. 그녀를 잃는 것이 그의 선택이었지만, 지금 이 순간만큼은 그 결정을 후회하지 않을 수 없었다. 그가 내내 경계해왔던 가상 세계와 현실 세계의 경계가, 이 순간만큼은 느슨해졌다.

'한 번만 더, 단 한 번만 더 만나게 된다면… 내가 뭘 잘못했는지, 왜 그때 그녀를 그렇게 놓아버렸는지 제대로 말해주고 싶어.'

그의 마음속에는 미련과 후회가 마구 뒤섞여 있었다.

지한은 그녀의 연락처를 알아내기 위해 옛 친구들과 지인들에게 하나씩 연락을 돌리기 시작했다. 시간이 지나면 잊힐 줄 알았던 윤희에 대한 감정은 오히려 더 선명해졌고, 그를 옥죄기 시작했다. 그녀와 함께 행복하기 위해서 위험을 무릅쓰고 가상 세계로 접속한 그였다. 어느 세계든 상관없이 곁에 있어줄 윤희가 그의 운명처럼 느껴졌다.

3 - 5

지한은 무표정으로 벤치에 앉아 멍하니 먼 풍경을 바라보았다. 이런 시간이 그의 하루 일과처럼 느껴졌다. 세상이 돌아가는 소리가 멀게만 들렸고, 생각조차 하지 않으려 애쓰던 마음은 조용히 침잠해 있었다. 그런데 갑자기, 멀리서 익숙한 모습이 눈에 들어왔다. 윤희였다. 그녀는 활기찬 모습으로 조깅을 하고 있었다.

지한은 반사적으로 가지고 있던 커다란 책을 들어 얼굴을 가렸다. 그녀와 마주치는 건 피하고 싶었다. 적어도 지금은. 그런데 누군가 윤희에게 길을 물었고, 그녀가 친절하게 알려주는 모습을 지켜보던 순간, 윤희와 눈이 마주치고 말았다. 지한은 심장이 멎는 것 같았다.

'아뿔싸!'

머릿속에는 도망쳐야 한다는 생각이 맴돌았지만, 몸은 도저히 움직이지 않았다. 마치 온몸이 얼어붙은 듯, 그는 그 자리에 그대로 굳었다.

윤희는 잠시 자리에 멈춰 섰다가, 천천히 지한을 향해 다가왔다. 그녀의 표정에는 복잡한 감정이 서려 있었고, 목소리는 떨렸다.

"지한 오빠…."

둘은 잠시 동안 서로를 말없이 바라보았다. 공기는 무겁게 느껴졌지만, 그리움과 후회로 가득 찬 공감이 흐르고 있었다. 그리고 누가 먼저랄 것도 없이, 두 사람은 상대에게 달려가 서로를 끌어안았다.

지한의 팔이 윤희를 감싸안았고, 그녀는 그의 가슴에 얼굴을 묻었다. 두 사람은 뜨거운 포옹을 하며 모든 감정을 한꺼번에 쏟아냈다. 시간이 멈춘 듯, 그들은 그렇게 꼭 껴안은 채 한동안 서 있었다. 서로의 체온을 느끼며 가까이 마주 선 두 사람은 참아왔던 눈물을 터뜨렸다.

"야, 이 바보 멍청아."

윤희는 울면서 지한을 향해 말했다. 그 말 속에는 그동안 쌓아두었던 모든 감정이 담겨 있었다.

"미안해. 오래 기다리게 해서…."

지한도 흐느끼며 사과했다. 두 사람은 눈물범벅이 된 서로를 다시 꼭 끌어안았다. 모든 아픔과 오해가 눈물 속에서 녹아내리고 있었다. 그들이 견뎌야 했던 긴 시간, 상처받았던 마음들이 하나하나 풀어지며 흘러 나갔다.

"나… 그동안 너무 많이 생각했어, 윤희야. 너를 보내고 삶의 의미도 의욕도 잃어버렸어. 하지만 널 다시 이렇게 보니까…."

지한은 말을 멈췄다. 감정이 너무나 복잡해서 그를 압도하고 있었다. 윤희는 그를 가만히 바라보았다.

"나도 그때 오빠가 무슨 말을 하려 했는지… 이해하려고 했어. 하지만 이해가 되지 않았어. 그런데 여기서 오빠를 이렇게 만나니… 정말 운명 같아."

두 사람 사이에 감정의 물결이 잔잔하게 퍼졌다. 지한은 윤희에게 속삭였다.

"이번엔 내가 도망치지 않을게. 널 놓치지 않을 거야. 앞으로 자주 보자."

윤희는 그 말에 천천히 미소를 지었다.

"그랬으면 좋겠어, 오빠."

3-6

따뜻한 조명이 감도는 레스토랑, 분위기는 아늑하고 테이블 위에는 촛불이 은은하게 빛났다. 지한과 윤희는 마주 앉아 저녁 식사를 하고 있었다. 둘 사이에 오가는 대화 속에는 지난 세월의 간극이 어쩔 수 없이 자리했다.

"어떻게 지냈어, 그동안?"

윤희가 먼저 물었다. 지한은 잠시 웃으며 대답했다.

"별일 없었지. 너야말로 잘 지냈어?"

윤희는 그동안 들었던 소식들을 이야기하며 지한의 성공을 축하했다.

"가끔 매스컴에서 오빠 이름이 나왔거든. 도전한 사업도 성공하고, 사기 캐릭터라고 별명도 붙었던데."

지한은 어색하게 웃었다.

"그건 좀 과장된 거야. 그냥 운이 좋았을 뿐이야."

그렇게 이야기가 시작되자 둘은 그동안의 일들에 대해 깊이 빠져들었다. 서로의 삶에 있었던 순간들을 하나하나 꺼내놓으며 시간 가는 줄 몰랐다. 음식을 가져온 서버는 테이블 위에 놓인 차가워진 음식을 어떻게 치워야 할지 망설였지만, 그들은 전혀 신경 쓸 수 없었다. 테이블은 만찬으로 가득했지만, 두 사람은 서로에게서 눈을 떼지 못했다.

대화는 오랜 시간 동안 이어졌고, 그 안에서 두 사람은 다시 예전의 편안함을 되찾은 듯했다. 지한은 점차 그가 전하고 싶었던 진짜 이야기를 꺼낼 용기를 내기 시작했다. 한참을 고민하던 그는 조심스럽게 입을 열었다.

"윤희야…"

지한의 목소리는 그 어느 때보다 진지했다.

"혹시… 지금이라도 늦지 않았다면, 내가 너와 다시 함께할 수 있을까?"

"…."

짧은 정적이 흘렀다. 윤희는 잠시 말을 잃은 채, 그의 말을 곱씹는 듯했다. 그 정적 속에서 지한은 자신의 말이 너무 성급했나 싶어 조심스레 덧붙였다.

"미안. 오랜만에 만났는데 너무 갑작스러웠지?"

윤희는 지한을 만나 정말 반갑고 좋은 한편, 지난번 이별 같은 일이 또 벌어질까 봐 걱정되었다.

"오늘 만나서 너무 좋았어."

윤희는 지한을 보며 깊은 생각에 빠졌다. 지한을 다시 만난 오늘, 그녀도 그리운 감정에 휩싸여 있었지만, 동시에 과거의 이별이 떠올랐다. 그 이별이 가져다준 아픔은 여전히 그녀의 마음 어딘가에 남아 있었고, 또 그런 상처를 겪게 될까 봐 두려운 마음도 있었다.

"오빠랑 다시 이렇게 얘기 나누는 것도 정말 기뻤고…."

그녀는 천천히 말을 이었다.

"근데… 솔직히 다시 만나는 건 생각할 시간이 좀 필요해."

지한은 윤희의 말에 약간 실망한 듯 보였지만, 곧 이해

한다는 얼굴로 고개를 끄덕였다. 그녀가 마음을 정리할 때까지 기다릴 수 있다는 확신이 있었다. 그가 느낀 실망은 오히려 윤희를 존중하고 배려해야 한다는 깨달음으로 바뀌었다.

"그래, 충분히 이해해. 서두르지 않을게. 천천히 생각해도 괜찮아."

그렇게 둘은 다시 미소를 지으며 대화를 이어갔다. 식은 음식처럼 두 사람의 쓰라린 상처는 시간이 지나며 차갑게 식었지만, 그 속에 남은 따뜻한 감정은 여전히 살아 있었다. 그리고 그 감정이 다시 타오를 수 있을지, 두 사람은 그 가능성을 바라보며 차분히 기다리고 있었다.

3 - 7

지한은 매일 아침 윤희를 회사 앞까지 데려다주며 시작되는 일상이 점점 더 특별해지는 것을 느꼈다. 저녁마다 이어지는 데이트는 그의 삶을 더욱 풍성하게 만들었다. 매번 새로운 꽃다발을 그녀에게 안겨줄 때의 행복은 이루 다 말할 수 없었다. 윤희의 베이지색 탁자 위에는 다양한 꽃들이 생기를 뿜어내고 있었다. 색색의 꽃들이 화병에 꽂혀 있어 마치 작은 화원에 와 있는 듯한 기분이 들었다.

그러던 어느 날 저녁, 데이트를 마친 후 윤희의 집 앞에서 그들은 서로를 바라보며 미소 지었다.

"그거 알아?"

윤희가 조심스레 물었다.

"뭐를?"

지한이 대답했다.

"예전에 데이트할 땐 내가 데이트 코스 다 짜오고 오빠 시큰둥했잖아."

"그…랬었나?"

지한은 기억을 더듬었다.

"힘들게 짠 코스도 시큰둥해하며 휴대폰만 만지작거리거나 졸고."

"내가?"

지한은 놀라서 눈을 크게 떴다.

"그래. 오빠가 회사 들어가고 계속 그랬었지. 근데 지금은 완전 다른 사람이 된 것 같아."

윤희의 얼굴에 미소가 떠올랐다.

"조금 많이 찔리네,"

지한은 약간의 수치심을 느끼며 말했다.

"기억하고 있었던 거야?"

윤희가 다시 물었다.

"뭐를?"

"내가 받고 싶다고 했던 프러포즈."

"어떻게 잊겠어. 30일 동안 좋아하는 꽃 원 없이 받아보기!"

"오늘이 딱 30일째네."

윤희의 목소리에 설렘이 묻어났다.

"잠깐만."

지한이 차로 가서 꽃바구니와 하얗고 커다란 인형을 꺼내며 말했다.

"이거 받아줄래?"

"…."

"맞아. 오늘이 딱 30일째."

윤희는 말이 없었다.

"대답 꼭 안 해도 되니까 부담 갖지 말고 받아줘. 그냥… 그때의 네 꿈을 이렇게라도 이뤄지게 해주고 싶었어."

지한의 눈빛에는 진정성이 담겨 있었다.

"네가 어떤 선택을 하든 나는 네가 행복하기만을 바랄게, 윤희야. 좋은 꿈 꿔."

그렇게 말한 뒤 그는 돌아서 차에 오르려 했다. 멀어져 가는 그의 뒷모습을 바라보며 윤희는 복잡한 마음에 사로잡혔다.

"오빠, 잠깐만!"

그녀가 소리쳤다. 지한은 멈칫하고 돌아섰다.

"나 솔직히 그때, 우리 헤어졌을 때 정말 힘들었어."

지한은 아무 말 없이 그녀의 눈을 바라보았다.

"그래서 솔직히 겁나. 또 그런 일이 반복될까 봐."

윤희의 목소리가 떨렸다. 지한은 그녀에게 한 걸음 다가갔다. 한쪽 무릎을 꿇고 재킷 안주머니에서 반지 상자를 꺼냈다. 상자를 열자 반짝이는 반지가 그녀를 향해 빛났다.

"약속할게. 네 옆에 있는 동안 너에게 최선을 다하겠다고."

그의 말투는 다소 비장했다. 윤희는 그 모습에 가슴이 뛰었다.

"우리 행복하자."

그가 진심으로 다짐하는 눈빛을 보며, 그녀는 결심했다. 모든 것이 다시 시작될 수 있다는 희망을 품고 그의 손을 잡았다.

두 사람은 그렇게 다시 이어졌다.

3 - 8

둘은 그렇게 오랜 시간 꿈꿔왔던 결혼을 했다. 마침내 함께 살게 된 그들의 일상은 아침 햇살처럼 따스하고 싱그러웠다. 봄이 오면 스위스로 떠나 하얀 설경을 만끽했고, 가을이 찾아오면 남프랑스로 향해 황금빛 포도밭을 거닐었다. 처음 몇 달 동안 그들의 사랑은 마치 맑고 푸른 하늘처럼 완벽했다. 서로의 눈빛 속에서 자신을 발견하며, 그들은 서로의 꿈을 함께 이루기 위해 최선을 다했다. 매일매일이 달콤하고 행복했으며, 두 사람의 마음속에는 언제까지나 이어질 앞으로의 꿈과 희망, 사랑으로 가득 차 있었다. 하지만 그들의 달콤한 시간은 오래가지 못했다. 시간이 흐르면서 그들의 사랑에 서서히 구름이 끼기 시작했다. 일상 속 작은 갈등이 쌓여가면서 사랑의 색깔이 바래기 시작한 것이다.

아이들이 그들의 삶에 왔을 때, 그들은 더 큰 행복을 느꼈다. 하지만 시간이 흐르면서 지한은 자신의 신념과 현실 사이에서 갈등하게 되었다. 모든 것이 변해갔다. 한때 그토록 꿈꾸던 결혼은 이제 그들에게 어둠의 그림자를 드리우고 있었다. 대화가 줄어들었고, 윤희는 그의 무관심에 상한 마음이 서서히 상처로 번지는 것을 느꼈다. 가끔은 서로의 일에 대한 이해가 부족해 다툼이 일어나기도 했다. 한때 그토록 꿈꾸고 기다려온 결혼은, 두 사람이 자리한 그 천국은 금세 지옥으로 변모해갔다.

"우리가 함께하는 시간이 줄어들고 있어!"

서로의 마음을 들여다보는 대신, 그들은 점점 더 상대방의 말에 귀 기울이지 않게 되었다. 대화는 곧 다툼으로, 그리고 무관심으로 변해갔다. 어느 날, 윤희는 거울 앞에서 자신을 바라보며 그런 생각을 했다. 이제 우리는 서로를 얼마나 궁금해할까? 결혼식 날의 그 행복한 미소는 어디로 간 것일까? 그녀의 마음속에 쌓인 의문은 점점 더 커졌다. 불안은 그들의 일상에서 점점 뚜렷해졌다. 결혼 후 함께 쌓은 추억들이 달콤한 향기를 내뿜는 동안, 일상에서의 소소한 불화는 그들 사이의 거리감을 더욱 부각시켰다.

'이대로 괜찮을까?'

윤희는 어느 고요한 밤에 잠 못 이루며 생각했다. 그녀는 지한과 함께하던 시간이 그리웠고, 다시 예전처럼 돌아가고 싶었다. 하지만 그 방법을 찾는 것은 쉽지 않았다. 결국 어느 저녁, 윤희는 결심했다. 그들의 사랑을 회복하기 위한 대화를 시도하기로 한 것이다. 과거의 행복했던 기억을 떠올리며 다시 한번 그를 이해하기 위한 첫걸음을 내딛기로 마음먹었다. 결혼의 의미를 되새기고, 다시 시작할 수 있는 기회를 만들기로 한 것이다. 그녀는 대화로 조금씩 사랑의 본질을 회복해나가고 싶었다.

"오빠, 우리 이야기 좀 나눠볼까?"

지한은 고개를 들고 그녀를 무심히 바라보았다.

"무슨 일인데?"

그들은 각자의 마음속에 쌓인 이야기들을 꺼내놓기 시작했다. 아이들이 그들의 삶에 온 후, 윤희는 아이들과의 시간을 즐겁게 보낸 반면 지한은 자신의 존재와 가치에 대한 의문을 자주 품었다. 그의 마음속엔 언제나 고독과 불안이 어린나무처럼 자라나고 있었다. 이러한 감정은 점점 격해졌고, 그의 예민함은 가족을 향해 날카로운 칼처럼 날아갔다. 아이들을 낳고 꿈결 같은 시간을 보내던 지한은, 가끔씩 자신이 처한 현실을 자각하게 되었다. 그런 순간마다 그는 감정을 주체하지 못하고, 윤희와 아이들에게 상처를 주는 말을 쏟아냈다.

"너희들은 내 진짜 가족이 아니야! 나한테 아무것도 아니라고!"

그의 외침은 방 안의 공기를 가르며 울려 퍼졌다. 윤희는 그 말이 얼마나 큰 상처가 되는지 느끼며 자신의 바람이 부질없었다는 것을 깨달았다. 그녀는 언제나 가족을 중심으로 생각했으며, 아이들과의 시간을 소중히 여기고, 함께하는 모든 순간을 축복으로 여겼다. 그러나 지한은 갈수록 자신의 가치와 역할에 대해 혼자서 갈등하고 고민했다. 그는 가상 캐릭터들을 사랑하는 것과 같다고 느꼈으며, 실제 세상에서 자신을 기다리고 있을 윤희에 대한 죄책감을 키워가고 있었다. 자신의 본래 꿈을 잠시 접어놓고 있어야 하는 건지, 이 가정을 지키는 게 맞는 건지에 대한 의문이 그의 마음속에서 끊임없이 맴돌았다. 그는 망설였고 혼란스러워했다. 결국 서로에 대한 불만과 갈등으로 인해 두 사람 사이는 더욱 멀어졌다.

막내 아이가 갓난아기였을 때, 윤희는 결단을 내렸다. 아이들을 지켜야 한다는 생각이 그녀를 이끌었고, 끝내 이별을 선택하게 되었다. 지한은 혼자 남겨져 자신의 아픔과 고통을 안고 살아야 했다. 그의 마음속엔 이 상황을 혼자 헤쳐 나가야 한다는 두려움이 자리했다.

"결국 이렇게 될까 봐 두려웠어. 그런데 이렇게 되고 말았어."

윤희는 큰 상처를 받고 아이들과 함께 떠나갔으며, 지

162

한의 눈에는 삶의 허무함과 공허함만이 남았다. 그는 무너진 자신의 세계를 바라보며 자책하기도 했지만, 그렇게 가상 세계에서의 사회적 성공과 사랑이 무엇인지를 깨닫게 되었다. 가상 세계에서의 성공과 사랑은 그에게 더 이상 아무 의미가 없었다. 지한은 진짜 세계로 돌아갈 날만 손꼽아 기다리게 되었다. 그러면서 자신의 기억 속에서 잃어버린 사랑과 희망을 찾아 헤매기 시작했다. 동시에 그는 진짜 세계로 돌아갈 수 있는 길을 찾아 헤매기 시작했다. 그의 마음속에는 잃어버린 희망과 사랑을 되찾기 위한 열망이 자리했다. 그리고 그의 기억과 꿈속에서는 언제나 그를 기다리고 있을 윤희의 모습이 그의 마음을 다시 한번 흔들어놓았다. 그녀의 존재가 그에게 무엇인지에 대한 되새김, 그리고 다시 그녀를 만나고 싶은 간절한 바람이 그의 마음속에서 피어올랐다.

3 - 9

　어느덧 중년이 된 지한은 공원 벤치에 앉아 책을 읽고 있었다. 햇살이 따스하게 내리쬐는 가운데, 한 아이가 굴러간 공을 주우러 다가왔다. 아이가 방긋 웃으며 다가오는 모습을 보자 지한의 입가에 자연스럽게 미소가 번졌다. 아이는 신기하게도 윤희를 닮은 듯했고, 그 아이에게서 자신이 젊은 시절에 가지고 있었던 순수함이 느껴졌다.

　'신기한 일이다.'

　그는 속으로 생각하며 다시 책에 집중하려 했지만, 아이가 돗자리를 깔고 앉아 있는 가족에게 돌아가는 모습을 엿보게 되었다. 단란한 가족의 모습이 눈에 들어왔다. 자세히 살펴보니, 그곳에 윤희가 있었다. 잘 보이지 않는 남편과 함께, 자신과의 사이에서 낳은 다른 아이들과 함께 행복한 모습이었다. 그녀는 이제 다른 사람과 새로운 삶을 살아가고 있었다.

지한은 그동안 일부러 가족들의 소식을 찾지 않았다. 자신의 마음을 지키기 위해서였다. 가상 세계에서의 윤희와 아이들을 위해서도 그랬다. 하지만 그 순간, 가슴 한편이 찌릿하게 아려와 그는 가슴팍을 부여잡았다. 젊을 때와 달리 몸이 둔해져 말을 잘 안 들었지만 서둘러 자리를 뜨기로 했다.

"그냥 돌아가야겠어."

그는 작게 중얼거리며 발걸음을 재촉했다. 혹여 윤희나 아이들이 자신을 볼까 두려웠다. 하지만 윤희는 뭔가 이상한 느낌을 받아 지한 쪽을 바라보았다. 그 순간, 지한은 옆으로 고개를 돌리며 숙였고, 윤희는 이내 자신에게 매달리는 막내 아이를 보고는 환히 웃었다.

그 웃음소리가 잊고 있던 기억을 소환하는 듯했다. 지

한은 윤희의 미소를 뒤로하고 발걸음을 재촉했지만, 마음속에는 복잡한 감정이 얽혔다. 행복해 보이는 윤희와 아이들. 그 모습은 그의 가슴속 깊은 곳에 자리해 있던 그리움과 후회의 감정을 다시금 떠오르게 했다. 지난 몇 년 동안 자신이 선택한 길과 그녀가 떠난 이유가 머릿속을 복잡하게 만들었다. 윤희는 이미 새로운 삶을 살아가고 있었다.

"그들은 잘 지내고 있을 거야."

지한은 중얼거리며 공원을 빠져나왔다. 동시에 그가 눈에 잘 담아둔 그들의 모습은 시간이 아무리 흘러도 잊히지 않을 것이라는 생각을 했다.

3 · 10

"저 사람 예전에 TV에 나왔던 사람 아니야?"

"누구, 저 사람? 그렇네! 예전에 투자의 귀재, 사기캐라고 나왔던 사람 맞지?"

"맞아! 정지한이었지, 이름이 아마? 근데 요즘 어떻게 지내길래 행색이 저렇게 달라졌지?"

지나가던 사람들의 수군거림이 윤희의 귀에 들어왔다. 그녀는 잠시 아이들을 남편에게 맡기고, 지한의 뒷모습을 재빨리 쫓아갔다.

"지한 오빠!"

윤희의 목소리에 지한은 흠칫 놀라 멈췄지만, 뒤돌아설

수 없었다. 다리가 무겁게 느껴졌다.

"내가 분명히 경고했을 텐데? 약속 꼭 지켜달라고. 이혼할 때 서류 작성한 거 잊었어?"

"아니야."

"절대 아이들 앞에 나타나지 않겠다고 지한 오빠가 먼저 얘기했잖아."

"우연이었어…."

"이제 와서 생각이 바뀐 거야?"

"우연히 마주친 거라고."

끝까지 뒤돌아보지 않은 지한은 걸음을 서둘러 그녀의 시야에서 사라졌다. 윤희는 그의 뒷모습을 바라보며 복잡한 감정이 스멀스멀 피어오르는 것을 느꼈다.

'그렇게 쉽게 잊을 수는 없겠지.'

윤희는 속으로 생각하며, 지한과의 과거를 떠올렸다. 그들이 함께했던 시간, 웃음과 눈물이 교차했던 순간들이 그녀의 머릿속을 스쳤다. 대부분은 행복했었고, 불행은 찰나였지만 강렬했다. 하지만 지금은 그 모든 것이 과거의 그림자처럼 아득하게 느껴졌다.

"그래도 어떻게 이럴 수가 있지?"

그녀는 아이들을 생각하며 괴로워했다. 지한이 다시 나타나지 않기를 바라면서도, 그의 존재가 자신에게 어떤 의미였는지 새삼스레 느껴졌다. 윤희는 아이들을 향해 다시 발걸음을 돌리며, 자신이 선택한 길을 되새겼다. 하지만 마음속 안쪽에 자리 잡은 지한에 대한 애증은 쉽게 사그라지지 않았다.

3 - 11

지한은 숨이 차서 어느 벤치에 앉아 숨을 골랐다. 가까운 전광판에서는 뉴스가 흘러나오고 있었다.

화면에는 'R컴퍼니가 이루지 못한 꿈, 대신 이뤘다. VR-TX99 상용화 앞둬'라는 자막이 떠 있었다.

지한은 그 소식을 보고 헛웃음을 지었다.

"별의별 트릭을 다 숨겨놨구나. 장치를 많이도 해놨네."

3 - 12

햇빛이 비치는 잔디밭에서, 휠체어를 타고 앉은 영애의 다리에 덮은 담요가 흘러내리자 지한이 담요를 고쳐 덮어 주었다.

"여보… 왜 이제 왔어…"

지한은 엄마의 손을 잡아주며 한동안 말없이 그녀를 바라보았다. 바지에 묻은 흙을 털고 일어나 휠체어를 끌고 돌아가려다, 자신도 모르게 깊은 한숨을 쉬었다.

"후우…"

"지한아…"

그는 놀라서 영애를 쳐다보다가, 다리가 풀린 듯 다시

꿇어앉았다.

"지금… 뭐라고 하셨어요?"

"여보, 올 때 맛난 거 많이 사 와야 해? 나 저녁에 맛있는 거 해줘야 해? 알았지?"

지한은 쓸쓸한 웃음을 지으며 고개를 끄덕였다.

"알겠어요, 엄마. 맛있는 거 사 올게요."

그는 휠체어를 밀며 걸어가다 잠시 멈춰 서서, 영애의 웃는 얼굴을 다시 바라보았다. 마음 한편에서 아련한 그리움이 스쳐 지나갔지만, 지한은 그 감정을 애써 눌렀다.

"나 놔두고 어디 가버리면 안 돼? 우리 남편처럼."

영애의 말에 지한이 답했다.

"제가 끝까지 곁에 있어드릴게요."

'아무리 가상 인물이라지만, 그래도 엄마는 엄마니까.'

진짜 어머니한테 돌아가면 정말 잘해야겠다고 그는 속으로 다짐하고, 살랑대는 바람을 느끼며 다시 휠체어를 밀었다.

3 - 13

한강 야경을 바라보고 앉아 맥주를 마시던 지한은 누군가 자신을 본다면, 아마도 참 쓸쓸해 보일 것이라고 생각했다. 그의 마음속엔 고독이 깊게 자리해 있었다.

'처음 다짐과는 달리, 이쪽 세계에서 나는 삶의 방관자로 살아왔지. 삶의 주인공이 아니라….'

그의 눈에 비친 풍경은 너무나 평온하고 따뜻했다. 친구들과 돗자리를 깔고 웃음꽃을 피우는 젊은이들, 서로의 손을 꼭 잡고 사랑을 속삭이는 연인들, 다정히 산책하는 노부부, 함께 나들이를 즐기는 가족들이 주변에 있었다. 그들의 얼굴엔 따스한 웃음이 번져 있었다. 모두가 그들만의 세상에서 따스한 온기를 나누며 살아가고 있었다. 비록 그들이 가상 세계 프로그램 속 가공인물일지라도, 그 온기만큼은 지한의 마음에 확실하게 와닿았다. 자신과는 달리, 그들은 따뜻한 온기를 내뿜고 있었다.

'어디에도 속하지 않는 삶, 그건 정말 지독하다. 지독히… 외롭다.'

그는 차가운 맥주를 한 모금 마시며, 원래 세계에서 진정으로 원하는 삶이 무엇인지, 그 갈증이 어떤 것인지 곰곰이 생각했다. 한강의 잔잔한 물결이 어둠 속에서 은은히 반짝이며 시간을 흘려보냈다. 지한은 고독과 함께 자신의 존재에 대해 곱씹었다. 무엇이 자신을 진정으로 행복하게 할지. 그러나 답은 여전히 미궁 속에 있었다. 잔잔한 물결과 함께 흐르는 시간 속에서, 지한은 존재에 대한 고독을 느끼고 있었다.

3 · 14

    호수 한가운데 떠 있는 작은 보트 위에서, 노인이 된 지한은 천천히 노를 저으며 유유히 흘러갔다. 물결은 잔잔했다. 그가 노질을 멈추자 보트는 이리저리 미끄러지듯 떠돌았다. 지한은 천천히 노를 내려놓고 보트 바닥에 등을 뉘였다. 푸른 하늘이 그의 시야를 가득 채웠고, 하늘 위로 천천히 구름이 흘러갔다. 구름은 그가 한때 사랑했던 사람들을 떠올리게 했다. 그 구름 속에서 그는 오랜 세월 속에 잃어버렸던 얼굴들을 발견했다. 윤희와 아이들, 그리고 그가 사랑했던 이들의 모습이 구름 속에서 스쳐 지나갔다. 마치 그들의 얼굴이 구름 속에 스며든 듯했다.

세월의 흔적이 고스란히 묻은 그의 손이 떨렸다. 그는 손가락을 하나하나 세어보았다. 그 손가락을 거쳐 지나간 시간이 무겁게 내려앉았다.

'이거 참 너무하네. 아무리 그래도 노화가 이렇게까지 디테일하다고? 이런 건 좀 적당히 하지. 슬퍼지게 참.'

손끝의 떨림 속에는 지난날의 기억들이 짙게 배어 있었다. 지한은 자신이 걸어온 이곳에서의 삶을 천천히 되돌아보았다. 잃어버린 사랑, 끝내 잡을 수 없었던 꿈, 그리고 홀로 남아 그것들을 껴안고 살아온 자신의 시간. 모든 게 손에 꽉 쥔 모래처럼 덧없이 느껴졌다.

'이제 조금만 있으면 돌아간다.'

지한은 속으로 중얼거리며 배 위에 한가롭게 누워서 눈을 감았다. 아주 오래전부터 기다려온 순간이 이제 곧 다가옴을 느꼈다.

3 - 15

지한의 옛날 방은 예전과 다를 바 없었다. 벽지는 빛바래고, 책장은 오랜 세월의 먼지를 고스란히 품고 있었다. 창밖에서 들어오는 미약한 햇살은 한때 활기가 넘치던 공간을 더욱 쓸쓸하게 만들었다. 방 안에 놓인 물건들은 여전히 그 자리에 있었지만, 그 위에는 세월의 무게가 무겁게 내려앉아 있었다.

노인이 된 지한은 책상에 앉아 있었다. 그의 손은 조심스럽지만 다급하게 움직였다. 삐뚤삐뚤한 필체로 가득한 수십 장의 종이 위를 손가락으로 쓸며, 머릿속으로 복잡한 계산을 다시 되뇌었다. 그의 얼굴에는 깊은 주름이 팼고,

눈동자는 바쁘게 흔들렸다.

'무언가 이상하다. 약속 날짜가 이미 지났는데, 아무 변화도 없다. 어디서 잘못된 건가…. 시간이 틀렸나?'

지한은 광기 어린 눈빛으로 다시 계산에 몰두했다. 며칠째, 몇 주째, 그는 밤낮도 잊고 자신이 기록해둔 날짜와 시간을 계산하고 또 계산했다. 이따금씩 숫자가 잘못된 건 아닐까 하며 수치를 고치고 다시 맞춰보곤 했지만, 모든 게 그가 기억하고 있는 대로였다. 아무런 실수가 없었다. 그럼에도 변화는 찾아오지 않았다.

창밖의 하루가 흘러가는 동안 지한의 시간은 그 자리에 멈춰 있었다. 그는 자신을 속인 것 같은 세계를 의심하고, 스스로를 탓하기도 했다. 내면이 무너져갔다. 와중에도 시간은 또 흘러갔다.

3 - 16

낚시터 한가운데에서 지한은 선글라스를 끼고 호수 위에 낚싯대를 드리운 채 앉아 있었다. 그는 무척 고요해 보였다. 시간은 그의 곁을 아무 일 없다는 듯이 지나갔고, 지한은 그저 그 자리에 가만히 있었다. 해가 천천히 넘어가며 주위가 점차 어두워졌지만, 그는 여전히 자리를 지키고 있었다. 마치 자는 듯, 아니면 깨어 있으면서도 꿈속에 있는 듯, 미동조차 없었다.

그때 한 백발노인이 지한에게 다가왔다. 노인은 주름진 얼굴에 환한 미소를 띠고 있었다. 그의 눈에는 삶에 대한 여유와 깨달음이 깃들어 있었다. 노인은 지한을 한참 바라보더니 말을 걸었다.

"허허…. 거 젊은 사람이 세상 다 산 것처럼 기운 없어 보입니다그려."

지한은 선글라스 너머로 백발노인을 무심하게 바라보다가, 천천히 선글라스를 벗었다. 그의 눈은 졸음이 가득한 것처럼 보였고, 빛을 잃은 듯 흐릿하게 흔들렸다. 지한의 표정에는 어떤 생기도 남아 있지 않았다. 그는 지쳐 있었다. 백발노인은 지한 옆에 앉으며 말을 이었다.

"이곳에선 기다리기만 하면 고기가 찾아오지 않소. 인생도 그렇지. 그런데, 그대는 왜 이렇게 무기력하게 있는 거요?"

지한은 한참 동안 백발노인을 바라보다가, 나지막이 대답했다.

"…지금은… 그냥 이대로 흘러가고 싶을 뿐입니다."

노인은 고개를 끄덕이며, 아무 말 없이 함께 낚싯대를 바라보았다.

3 - 17

"제 이야기 좀 들어주시겠습니까⋯."

하늘에는 구름이 천천히 흘러가고 있었다. 지한은 고개를 들어 하늘을 바라보며 입을 열었다.

"이번 삶에서 저는 무의미한 일들만 하며 지내온 것 같아요."

지한의 눈은 점점 흐려지고 있었다. 그는 한숨을 내쉬며 잠시 말을 멈추었다.

"이젠 마치 딱딱하게 화석이 되어버린 것 같아요."

그는 감정이 복받쳤는지 숨을 몰아쉬며 고개를 떨구었다. 잠시 말을 멈춘 지한은 다시 힘겹게 말을 이었다.

"사실, 이 나이로 사는 건 처음입니다."

그는 자신이 한 말이 우스웠는지 혼자서 너털웃음을 터뜨렸다. 웃다가 기침을 쏟아내던 그는, 다시 목소리를 가다듬고 중얼거렸다.

"하지만… 한 번의 기회가 더 있을 거라고 믿어요. 그게 제 유일한 위안이죠."

지한의 뺨에 눈물이 한 방울 흘러내렸다. 그는 천천히 주름진 손으로 눈물을 닦았다.

"원래 세상에서 저는 정말 소중하고 중요한 일들을 항상 다음으로 미뤄왔어요…. 제게 다시 한번의 기회가 주어진다면… 그때로 다시 갈 수 있다면…."

아련하게 흘러내리는 눈물과 함께, 지한의 목소리는 점점 더 작아졌다. 그가 고개를 들어보니, 잠깐이나마 자신이 의지했던 백발노인은 어느새 사라지고 없었다. 홀로 남은 지한은 침묵 속에서 한숨을 내쉬었다.

"그때로 돌아갈 수 있을까요."

그는 겨우 말을 끝내고서 낮고 가쁜 한숨을 내쉬었다.

시간이 조금 지나고 안정된 숨을 되찾은 그가 모자를 벗자, 백발이 드러났다. 그는 늙어 자글자글해진 자신의 손바닥과 손등을 가만히 쳐다보았다.

'이게 진짜 현실이었던 걸까…. 그 폭발이 진짜 사고였다면… 그렇다면 나는… 내가 무얼 하며 살아온 거야….'

오래전의 기억들이 그의 머릿속을 스쳐 갔다. 아버지의 장례식, 어머니의 간절한 외침, 윤희와 아이들에게 상처를 주며 느꼈던 괴로움, 그리고 마지막으로 윤희와 아이들을 먼발치에서 바라본 그날… 씁쓸했던 기억… 기억들….

'나는… 나는… 대체 어떻게 살아온 거야…. 진짜를 놓치고 허상만 생각하며 살았던 건가!'

그는 고개를 세차게 저으며 부정했다.

'이럴 순 없어…!'

그 순간, 낚시찌가 세차게 요동쳤다. 그는 반사적으로 낚싯대를 잡았고, 커다란 물고기가 미끼를 물었다. 요동치는 움직임에 못 이겨 그는 자리에서 일어났고, 낚싯대를 놓치지 않으려고 세게 움켜쥐었다. 믿기 어려울 정도로 크고 아름다운 물고기가 미끼를 물었다. 백발노인 지한은 어떻게든 물고기를 잡으려고 안간힘을 썼지만 물고기의 펄떡임과 강력한 저항에 못 이겨 결국 쓰러지고 말았다. 지한은 바닥에 누운 채, 차가운 한숨을 내뱉으며 무겁게 눈을 떴다. 찰나였지만 그의 얼굴에는 후회와 회한, 그리고 통한이 가득한 표정이 지나갔다. 스러지는 그의 주위에는 적막만이 감돌았고, 시간은 잔인하게도 천천히 흘러갔다. 그는 눈을 뜬 채 땅바닥에 오랫동안 누워 있었다. 마치 시간이 멈춘 듯, 아주 오랫동안….